時代屋の女房

ToMomi
muraMatsu

村松友視

P+D
BOOKS
小学館

目次

時代屋の女房

1

国電大井町駅を降り、阪急百貨店を右に見て歩いてゆくと、道幅が急に広くなり風がかわる。その広い道は坂になっていて大きく右へまがっているが、のぼりきったところが大井三つ叉《みまた》と呼ばれる三叉路、信号の標示には大井四丁目と記されている。ここを左へゆけば大森から池上本門寺へとつづく池上通り、右へゆけば京浜第二国道へぬける商店街だ。

三つ叉に架かった長い歩道橋の一方の階段が螺旋《らせん》状になっていて、降りきったところに不思議な店がある。猫の額ほどの土地に作った小さな建物は、「時代屋」という看板がなければ物置小屋といった趣きだ。粗末なサッシのガラス戸を通して中をのぞいても、ごたごたとした道具の形があいまいに見えるだけ、店の中の照明にも無頓着といったふうで、道ゆく人に商売気をつたえようとするけはいがない。

店の前にはいくつかの植木鉢があり、白く塗った鉄製の椅子をあしらってはいるが、店の演出というにはあまりにも素っ気ない。看板におどけた字で書いた屋号のわきに、Curiosity Shopとあり、その下に「諸国古民具と新時代の骨董各種」、これはごちゃごちゃと小さく書いてあるが、風にさらされ雨にあらわれて文字が読みづらい。

その時代屋の主人である安さんが、このところ浮かぬ顔をしているのは、店のパートナーとしても心強い女房の真弓が、六日前にひょいと出ていってしまったからだ。これまでにも、真弓がだまって居なくなったことは三度ばかりあった。だが、出ていった真弓は七日目にはかならず帰ってきた。だから今度だって……そういう気持もあったが、今回は妙な不安があるのもたしかだった。それがなぜなのかはつかめないが、四度目の家出ということが安さんの頭にのしかかっているのかもしれなかった。

「前に帰ってきたから、今度も帰ってくるとはかぎらないしなあ……」

池上通りの喫茶店「サンライズ」のマスターなどに、安さんは機先を制するように言っていた。口走ることで、その言葉が事実となってあらわれることをふせいでいる、安さんにはそんな気分があった。

大正時代の扇風機、古くさい小型ミシン、SP用のラッパ付蓄音機、手動式の電話機、煤《すす》っぽいランプ、貧乏徳利と盃のセット、それにゴルフ道具の片割れや竹刀が、店のけしきをつくっている。朝、店に陽が射してくると、そういう物がすこしずつ生れかわってゆくように思うときがある。使われなくなった物、使い捨てられた物などが、自分の店の中でゆっくりとお色直しをしている……安さんにはそんなふうに感じられる瞬間があるのだった。

ショーケースの中には懐中時計や腕時計、あるいは昔の日本軍の勲章、田舎で仕入れてきたかき氷用のガラス器、東京地方専売局と刻印を打ったタバコ巻機などがおさめられている。壁には、荷車の車輪や床屋の鏡、それにどこの誰が描いたとも知れぬ絵がかけられ、床にはやたらに重いアイロンやただ単なる馬蹄、うまく回らない地球儀などが無造作にころがっている。

そんな店の中に、猫のアブサンが商品のようにうずくまっている。陽あたりのわるい店にやっと朝陽の光線が入ってくる時刻、イの一番にあたたかくなる場所にアブサンは陣取るのだ。典型的なトラ猫で六キロ以上もあるアブサンが陽光を受けてじっと坐っている姿は、古い置物のように見えた。

「猫がどんなとき幸せそうな顔するかっていって、お日様の光に当っているときくらい幸せそうな顔はないわね……」

アブサンの姿をつくづく眺めながら、安さんは真弓のそんなセリフを思い出した。アブサンは真弓の家出など意に介さないふうに、いつものようにうずくまっている。冬から春、春から夏へと、朝陽が射し込む場所がかわるにしたがって、アブサンが坐る場所は少しずつ移動した。

こんな真夏に陽の光が心地よいのかとも思うのだが、とにかくアブサンは朝陽の洗礼を受けるのだけは忘れないのだ。店の中ほどにあるラッパ付蓄音機のよこに、アブサンはさっきからじっと坐っている。

(あれじゃ、ビクターの犬が怒るぜ……)

そんなことを呟きながら、安さんは入口の近くの棚へ目をはしらせた。そこには、陶器でできたビクターの犬が五匹、マークからぬけ出たようにポーズをとっている。この五匹の犬は、真弓がヒッピー市のようなところで見つけたといって買ってきたものだった。

(今日はやっぱり帰ってこないつもりだな、あいつ……)

深呼吸をして安さんが立ちあがると、アブサンが何かと勘ちがいしたのか坐っていた場所から飛びおり、専用の通用口となっている窓から出ていった。安さんは、アブサンが飛びおりた拍子に床へ落ちた小さなトランクに目をとめ、のろのろとした動作で拾いあげた。

それは、クリーニング屋の今井さんがきのう持ってきたものだった。大正時代の小さなトランクで、二千円で引き取った。こういうトランクはほかにも数個あり、若者がアンティーク・ファッションのように持ちあるくらしく、時代屋の客にはかなり人気のある商品のひとつだ。今井さんから買い取ったトランクは、表の革がまだ艶をのこしており、内側に張った緑色の布もしっかりしていた。

（アブサンもいいけど、ときどき商売の邪魔をしてくれるからな……）

拾いあげたトランクを点検してみると、傷もついていないし、こわれた箇所もみつからなかった。安心してカギを閉めようとした安さんは、トランクの内側のポケットからのぞいている奇妙なものに目をとめてつまみあげ、陽の光にかざすようにした。それは、現在使われているものよりやや細長い形をした切符だった。ぜんたいに赤い地紋があり、よく見るとそれは「てつだうしやう」という細かい文字が織り成す模様だった。「上野―東京　品川」という文字の下に「三等十銭」と印刷してあり、中央に「九―九―二」という数字が刻印されていた。

（昭和九年九月二日ということか……）

大正時代のトランクから昭和九年の電車の切符が出てきた……安さんは、アブサンの出て行った窓のあたりをながめて大きく息を吸いこんだ。

窓からは歩道橋がよく見えた。昼にちかくなってぎらついてきた陽の光のなかで、鉄製の歩道橋が黒い影になっていた。額に浮いた汗を腕で拭きなぐった安さんは、今井さんのところへ切符を返しに行こうと思い立ち、壁にかかった時計をながめた。だが、古時計の針は、いつものように思い思いの時刻を指していた。

2

「昭和九年っていうと、今井さんはいくつだったんです」

「昭和九年ねえ、するてえと上海事変よりあとだねえ……」

「………」

「そうさねえ、満洲国ができたころだよ」

「へえ……」

「あたしが十四、五ってえとこだね」

「十四、五ですか、今井さんがねえ」

「何だいそりゃ、あたしにだって十四、五のときってのもあったさあね」

「そりゃまあ、そうでしょうけど……」

「で、昭和九年がどうしたんだえ」

クリーニング屋の今井さんは、巨大な蒸気アイロンでYシャツを仕上げながら話を止めた。Yシャツに当てたアイロンを持ちあげると、大袈裟な蒸気があたりにたちこめ、一瞬、今井さんの顔が見えなくなった。

「いやね、きのうトランク持ってきたでしょう」

「ああ」

「あのトランクの中に、こんなものが入ってたもんだから……」

安さんは、ポケットからおもむろに切符を取り出した。

「へえ……」

今井さんは、興味なさそうに切符を受け取ってながめた。

「ほお、こりゃたしかに昔の切符だ」

「だからね、これが昭和九年の切符なんですよ」

「ああ、そういうことかい」

「ほら、切符に九―九―二って印刷してあるでしょ」

「いや、そう言われても、こんな小さい切符は、あたしの目にゃあ無理てえもんだよ」

「そうですかねえ……」

「こんなもん、返してもらってもしょうがねえんだが……」

「そう言わないで……、せっかくもってきたんだから受け取ってくださいよ」

「じゃ、いちおう返してもらうか」

「今井さんの過去の時間まで引き取っちゃあわるいからなあ」

「オーバーだねえ……」

今井さんは、切符を胸のポケットへしまい込んでから、じっと安さんを見つめた。

「おい、安さん」

「え……」

「ところで、どうだろう」

「何が」

「帰ってくるかねえ……」

「誰が」

「誰がって、真弓ちゃんさ」

「ああ、うちのかみさんのこと……」

「何しろ、時代屋は女房でもってるんだから」

「ええ、まあ……」

「だって安さん、あんたがそう言ってたんだぜ」

「うん……」

「どうだろう、やっぱり今度も帰ってくるんだろうねえ」

「今井さん、おれより心配してるみたいだな」

「安さんはまた、妙に落ち着きすぎてるんじゃねえのかい」
「いや、そうでもないですよ」
「安さん、あんた女でもつくったんじゃなかったのかえ」
「じょうだんじゃないですよ、今井さん」
「マスターとは意見がちがうんだが、あたしゃそうにらんでるんだがね……」
「勝手なんだからな、そんなうわさが伝わったら、帰ってくるものも帰ってこなくなっちゃう」
「じゃ、女関係はないってんだな」
「親みたいなこと言わないでくださいよ」
「息子みたいな年齢《とし》だもんな、心配もしようてえもんだ」
「とにかく、夕方また会いましょう」
「夕方……」
「また忘れたんですか、マスターと一緒に飲みに行くんじゃないの」
「そうそう、忘れてた、どうせトン吉《きち》だろ」
「そうでしょうね、マスターのおごりだから」
「安いおごりさね、トン吉なら」

「でも、マスターがなぜおごってくれるか分りますか」

「いや、競馬でも当てたのかい」

「冗談じゃない、マスターが競馬でもうけるなんてことあるわけない」

「じゃあ、なぜなんだい」

「おれをなぐさめるためですよ」

「ああ、そうなのかい……」

「だから、おれに感謝してくださいよ」

「安さんに感謝っていうより、真弓ちゃんにだろうぜ」

「そうすると、おれは家出した女房に感謝しながら酒のまなくちゃならないってわけだ」

「ま、そういうことだねえ……」

踏切の警報器が鳴って列車が通りすぎ、表情をとめた今井さんの顔がこまかくふるえた。

今井クリーニング店のそばにある踏切を、最近になって横須賀線が通るようになった。京浜第二国道へぬける道の途中をよこに走っている線路は、昔は軍需列車が通っていたらしい。そして、ついこのあいだまでは貨物専用だったのが、横須賀線を通すようになり、

「急に大袈裟な電車なんか走らせやがって、やかましくてしょうがねえや……」

今井さんは迷惑顔で文句を言っていた。そう言われてみるとかなりの震動で、今井さんの半

びらきの唇から入れ歯の当り合う音がもれていた。

「電車、やっぱりうるさいですね」

「スピードがあるからねえ、横須賀線は……」

「入れ歯がへってこまるでしょう」

「え……」

「入れ歯が音たててるじゃない」

「おまえさん、いやなことに気がつくタチだねえ」

「だって、かなり派手な音がしますよ」

「そうかい……」

今井さんは、指を口の中へ突っ込んで入れ歯のぐあいをたしかめてから、咳ばらいをしてアイロンを持ちあげた。蒸気のけむりが、また今井さんの顔をかくした。

「あの線路ね、何線って言ったっけ……」

「品鶴線だよ、ひんかくせん」

「そうだ、品川と鶴見をむすぶから、品鶴線でしたっけね」

「そうそう、鶴見線なんて言う奴もいたがね」

「へえ……」

「何しろね、こう次々といろんな物を走らされちゃあ、線路脇に住んでるこっちが参っちゃうってもんだ」

今井さんは手際よくYシャツのアイロンを仕上げていった。奥さんとふたり暮しだから配達をする手はなく、持ってきて取りにくる客を相手に細々と商売をする今井クリーニング店は、大規模なチェーン店にあおられて青息吐息といったところだ。それでも、これといった道楽をもつでもない今井さんの仕事ぶりに、奥さんはけっこう満足しているらしい。

「今井さんも、すこしは色気をもたんと老けるでえ……」

ときどきやってきて冗談半分にからかうサンライズのマスターを、

「マスターとはちがうんだから、よけいな誘惑しないでくださいよ」

今井さんの奥さんは笑いながらたしなめていた。だが、奥さんは、あきらかにマスターをきらっているようだ。亭主の友だちとはいえ、五十五を過ぎてのひとり暮し、店の女の子との噂も絶えないというマスターの生き方を、どうしても認めるわけにいかないらしいのだ。「よけいな誘惑しないでくださいよ」と言うときの笑顔のかげには、本気で心配しているけはいがあった。

「あ、おれのズボン、できてるかなあ」

「いや、今日の夕方だねえ、仕上りは」

「じゃ、あとで取りにきますよ」

「女房の留守にスジの入ったズボンはいて、おまえさんどこへ行くつもりだい」

「どこへも行きゃあしませんよ、ただ聞いただけじゃない」

「ま、そんならいいけどね」

「今井さん、奥さんの性格がのりうつったんじゃないのかな」

今井さんは安さんの言葉にうなずいてからあごで店の奥を示した。すると、それに合わせるように奥さんがあらわれたので、安さんは思わず首をすくめた。いつも思うことだが、今井さんの店の奥の部屋は不思議な暗さだ。蛍光灯のついた店先から徐々に暗くなり、奥さんが出てくる部屋には、あかりがついていないようにさえ感じられる。昔の人の倹約癖かなとも思うが、それにしても暗すぎる。奥さんはあんなに暗いところで何をしているのだろう……安さんは、いつもそんなことを感じながら奥さんの顔を見るのだった。

「お茶が入ったから……」

奥さんは、心もとない手つきで持ってきた茶碗を、店先のカウンターの上へ置いた。今井さんより二つ年上だという奥さんは、小さな軀を折るようにする猫背の姿勢が多く、本当の年齢よりも老けて見えた。茶碗を持つ手の甲の皮膚には細かい皺が無数に刻まれ、指の爪も部厚く黄ばんでいる。奥さんが何かの拍子に頭をさげると、頭の天辺に透けて見える地肌を目の前に見ることがあり、安さんはそのたびに目をそらした。

「かまわないでください……」

今もまぢかに見てしまった奥さんの頭の天辺を目から消そうとして、安さんはとてつもなく大きな声を出してしまった。だが、今井さんも奥さんも、さしておどろいた様子を見せなかった。

(耳が本格的に遠くなってきたみたいだな……)

安さんは、茶碗を持つ手を宙に浮かせながら、じっと今井さん夫婦をながめていた。今井さんの使う大きなアイロンに何気なく目をとめていた奥さんは、やがて暗い部屋へ引っ込んだ。

「それじゃあ、夕方待ってますから」

「あいよ、トン吉へ行きゃあいいんだね」

「ええ」

「安さんは、これからどうするんだえ」

「練習用の撞球台を引き取ってほしいという電話があったんで、これから行ってみようと思って……」

「へえ、そいつはふつうの家かい」

「そうらしいですよ」

「玉突き台が自分の家にあるなんて、ちょいとばかり豪華だねえ」

「玉突き台ったって、練習用だから小さいんじゃないかな」

「それにしてもさ……」

「どうせ使ってないんだから、そんなに大袈裟な物じゃないですよ」

「そうかねえ、我々のころはあれがよく流行ってねえ……」

「なるほど、で、よくやったんですか」

「ああ、ちょいとばかり凝ったもんだ」

「へえ、今井さんにもたったひとつの道楽があったってわけだ」

「ま、道楽ってほどでもなかったがね」

今井さんはちょっと奥の暗い部屋をうかがうような仕種をした。そして、ふたたびアイロン台に向うと、Yシャツの袖をひろげた。それに大きなアイロンを当てると大袈裟な蒸気のけむりが立ちこめ、今井クリーニング店は仕事中という趣きにもどった。安さんは、いきおいよく扉を押し開き、陽射しの強い道へ出てまばたきをした。今井クリーニング店の中の暗さが、安さんの目の裡に浮んで、消えた。

踏切の音がけたたましく鳴った。遮断機が降りてしばらくすると、横須賀線がいきおいよく通りすぎ、あたりを震動させた。安さんの耳の奥に、入れ歯の音がよみがえった。

3

時代屋のサッシ付ガラス戸の中でアブサンを抱いている真弓の表情が何種類も浮んだ。だが、店が見えてくると、徐々にそんな期待が消えはじめた。歩道橋の螺旋状の階段のよこに建った小さな店、そのたたずまいだけで、安さんには中に人がいるかいないかが分るのだった。

（やっぱり帰っていないか……）

今井クリーニング店のそばの踏切で、通り過ぎる列車の震動を身に受けているうち、安さんは、ふと、真弓が帰っているような思いにとらわれた。そして、玉突き台を引き取りにいくのをやめて店へもどってみたが、やはり真弓は帰っていないのだった。

真弓との秘密の隠し場所から鍵を取り出し、店の戸をあけながら中をのぞくと、窓のそばの風通しのいい場所にいるアブサンが見えた。戸を開け放して店に風を入れると、アブサンは両足を突っ立てて伸びをし、口をもぐもぐさせてから元のように前足にあごをのせてうずくまり、目を閉じてしまった。

（この店も、すっかり真弓のスタイルになっちゃったからなあ……）

店内をながめながら、安さんは静かに息を吐いた。

安さんが古道具屋をはじめたのは、父親に対する意地のようなものだった。小学校のころから露店の古道具屋へ通う子供だった安さんは、小遣いをためては古銭や刀剣の附属品を買いあつめた。とくに刀の柄《つか》に取りつける目貫《めぬき》が大好きで、竜や亀や鶴のかたちを浮彫りにしたものを畳の上にならべ、母親に向って自慢したものだった。だが、父親は子供のそういう趣味を好ましく思っていなかった。

「子供のくせに、爺いみたいなもの集めやがって……」

酒気をおびて帰ってきた父親は、苦々しくそう言って、いくつもの目貫や古銭を屋根の上へ放り投げてしまった。屋根へのぼってそれをさがす安さんを、病弱な母親が心配そうな顔で手伝った。雨樋に入りこんだ古銭に心もとなく手をのばす安さんのあいた手を、母親は咳込みながらもしっかりとにぎって支えた。そんな光景をちらりと見あげて舌打ちをした父親が、昼間から千鳥足で出かけてゆくのを、安さんは屋根の上からぼんやりとながめていた。

その父親が突然、家を出ていったのは、安さんが高校一年のときだった。近所の人の口から、父親が女をつくって家を飛び出したことを聞いたが、母親はついに何も語らなかった。

「おまえが大学へ入るまでは何とかして……」

母親はそう言って床に手をついて軀を支え、咳をこらえながら宙をにらんだ。安さんは、母親の頭の中にうずまいているものを察することはできたが、それを口に出したところで何の支えにもならないことも知っていた。しばらくは父親からの送金があったが、やがてそれも途絶えた。病身の母親は近所の酒屋の奥さんのところへ何度も出かけ、古い着物や道具などを買ってもらっているようだった。そして、母親は自分の言葉通り、安さんが美大へ入った年まで生きた。父親の裏切りをいっさい口にせず、黙々と毎日をすごした母親は、粗末な布がすり切れるようにこの世を去っていったのだった。

母親の葬式は、酒屋の奥さんの世話で無事にすますことができたが、誰が知らせたのか、父親からは住所のない弔電がとどいただけだった。誰もいなくなった部屋に坐り、茫然と母親の写真をながめていた安さんは、軀の中に湧いた父親への憎しみに唇を嚙んだ。そして、父親があれほどきらっていた黴むさい古道具をあきなう商売をしてやろうという気持が、安さんの頭にふと生じたのだった。雨樋に落ちた古銭を拾う自分の手をにぎる母親の手の温《ぬく》みの記憶が、その気持をますます強くさせた。

アルバイトをかさねて美大を卒業した安さんは、母親と住んでいた家を処分した。そして、アルバイト先の関係から知り合いになった家具屋に頼みこんで、大井三つ叉の猫の額ほどの土地を借りたのだった。そのせまい土地は、その家具屋が二台ほどの車の駐車場として使用していたものだった。そこへ物置小屋程度の建物をつくり、時代屋という屋号をつけた。小学生のときによく行った露店の旗に、時代屋と書かれてあったのを思い出したからだった。

講習を受けて警察から古物商としての許可証を取り、骨董の市へ出かけては安物の陶器を仕入れ、美大の友だちから売り物になりそうな家具や道具を借りて、どうやら店らしい形に仕立ててあげた。友だちから借りた物は、売れたときにその半分を支払うという約束で、自転車操業ながら、安さんの古道具屋稼業はゆっくりと回転しはじめたのだった。

だが、行方も知らない父親に対する憎悪がエネルギーのもととなった商売は、安さんにある種の違和感をあたえていた。小学校のときから好きな古道具にかこまれて暮す日々とはいえ、父親に対する意地をぬきにすれば、とりたてて手ごたえを感じることはない。しかし、父親に対する意地や憎悪を、日夜はぐくんでいるという生活にも、安さんは馴染めないものをおぼえはじめた。父親への意地が、大好きだった古道具に対する親しみさえもそいでしまっている……そんな気分が頭をおおいはじめ、安さんは時代屋の店の中でぼんやりと宙に目を投げていることが多くなった。

そんなとき、安さんのまえにあらわれたのが真弓だった。

(あれはたしか、ちょうどこんな真夏の季節だったな……)

あのときのことを、安さんはきのうのことのように思い出す。

売り物の扇風機に頬を近づけ、うす暗い店内からぼんやりと外をながめていた安さんは、首筋のあたりに奇妙な感触をおぼえてふり返った。それは、安さんのうしろにある窓から吹き込んできた生あたたかい風が首筋をなでる、何ともいえない感じのためだった。そのとき、窓の向うに不思議な色が見えたのだった。

窓の向うには、いつものように歩道橋が見えていた。その歩道橋の上を、銀色とピンク色がくるくると回転しながら近づいてくる。よく見ると、銀色の日傘をさし、ピンクのTシャツを着て、白い落下傘型のスカートをはいた女が、ポニー・テイルを風になびかせて、ステップを踏みながらやってくる姿だった。女の姿は、真夏の光のなかでカゲロウみたいにゆれていた。

女は、歩道橋を踊りながら近づいてきて、螺旋状の階段を降りると、時代屋のまえへ姿をあらわした。日向《ひなた》に立った女は、子供のころ母親に連れられて一度だけ見た、軽演劇のけばけばしい女主人公みたいだった。女は、銀色のパラソルを回転させ、ハイヒールの踵で地面に何かを描くような仕種をしながら、時代屋の看板をながめていた。女は、片手に小さなものを抱いていたが、店の小窓からながめている安さんからは、それが何であるかは分らなかった。

しばらく外にたたずんでいた女は、意を決したようにパラソルをたたみ店へ入ってきた。まっすぐに安さんに向って歩いてきて、

「あの、これあずかってくれません」

胸に抱いていたものを前へさし出した。それは、両足を折りまげては宙を蹴る小さな仔猫だった。

「あずかるって、この猫をですか……」

言いかけた安さんの膝の上へ、手をはなされた仔猫がふわりと舞い降りた。仔猫は、重みのない物のようだった。ジーンズの膝の匂いを嗅いでいた仔猫は、くるりと軀を回転させ、ちょっと思案するような仕種をしてから、馴れた寝床の上でもあるかのように安さんの膝の上に丸くなって目をつぶった。

「うそみたい、すぐ馴れたわ」

「これ、あなたの……」

「この先に公園あるでしょ、あそこで迷ってたから拾ったの」

「拾った……、じゃあ、野良猫ですか」

「でも、かわいいでしょ」

「そりゃまあ、かわいいけど……」

膝の上の仔猫は、たしかに「かわいい」という言葉が当てはまった。典型的な縞模様をしたトラ猫だが、顔の隈取りが見事だった。額に王という字が読める虎のはなしを聞いたことがあったが、この仔猫の額の縞にも王の字があるような気がした。鼻も高くてながく、先端がきれいな肌色をしている。ヒゲはピンと張り、耳のかたちも申し分なく、何よりの特徴は緑色がかった大きな目だ。これに金色の首輪でもすれば、ちょいとした役者ぶりだ……安さんは、ひと目でこの小さな仔猫を気に入ってしまった。

「わるくないね、この猫……」

言葉をかけようとした安さんを無視して、女は無表情な横顔を見せてガラス・ケースをのぞき込んでいる。ケースの中には、かんざし、櫛、懐中時計、百人一首などがごちゃまぜに陳列してある。女は、古いかんざしを取りあげ光にかざして見たあと、かき氷用のガラス器が列べてあるケースへうつった。

「これは……」

女がめずらしそうに取りあげたのは、美大の友だちからあずかった物だった。膝の仔猫のノドをいじりながら立ちあがりかけた安さんは、迷惑そうな仔猫の顔を見て中途半端に浮かした腰を、もう一度ソファにおろした。

「なみだ壺っていうらしいですよ」

「なみだ壺って……」

「イランだかトルコだか忘れたけど、兵士が戦場へ出ていったあと、女房がこのなみだ壺を目にあてて悲しい涙をためておくんだって」

「で、亭主が帰ってきたら、こんなに泣いて待ってましたって見せるわけね」

「そうだろうね」

「こうやるのかしら」

女は、なみだ壺の先端を片目に当てた。細ながい花瓶の先っぽがよじれ、涙を受けやすい不思議な形になった青いガラスのなみだ壺には、時代屋へやってくる女の客が誰でも目にとめる。だが、いま手に取って下まぶたに当てている女に、なみだ壺はいちばん似合っているように思えた。

「よく似合いますよ……」

安さんの言葉に笑って見せた女は、なみだ壺を目に当てて、壁にかかった大鏡のなかの自分を見ていた。下唇をつんと突き出すようにするのが癖らしかった。なみだ壺を当てたまま鏡から目をはずした女は、壁にある油絵に目をとめた。

「これ、誰の絵でもないんでしょ」

「どういう意味ですか……」

「有名な人の絵じゃ、ないんでしょ」

「ええ」

「ただ、そのへんの家の子が描いた絵なんでしょ」

「まあ、そうですけどね」

「面白いわね」

「面白いわね、そういう絵が飾ってあるのって」

「え」

「そんなに、面白いですか」

壁の絵は、この土地を借りている家具屋から古い机をゆずってもらったさい、ついでに受け取ってきたものだった。家具屋の長男が高校生のとき美術クラブに籍をおいていたとかで、そのころ描いたいくつかの油絵のひとつらしい。物置を整理して捨てるつもりだというので、枯木も山のにぎわいともらい受けてきた。こんな絵も、壁の地肌をかくす役目にはなるとかけてあったのだが、それを面白いという女の言葉が解せなかった。

「だって、こういうのないでしょ、ふつうの古道具屋さんには」

「ただ、壁がさびしいと思ってかけてあるんだけど……」

「古美術商ってわけじゃないんだから、その方が面白いじゃない」

「面白い、か……」

「いろんな人がいろんな時代に使った物を売るポップな古道具屋」

「ポップねえ……」

「品物じゃなくて時代を売る、それで時代屋っていうんじゃないの」

「いろんな時代を売る時代屋か、何だか面白そうだね」

「面白いでしょ……」

女は、歌うような調子で言って、店の品物を次々とながめていた。安さんは、膝の上で眠りはじめた仔猫の鼻に指のはらをそっと当てた。すると、仔猫はちょっと薄目をあけて安さんを見あげ、安心したように目を閉じた。ノドを鳴らす仔猫に向って、女は唇を尖らせた。

「この猫、名前何て言うのかな」

「アブサン」

「アブサン……、名札かなんかついてたのか」

「さっき、歩道橋をあるきながらつけたの」

「さっき……」

「その猫ね、捨てられて鳴きすぎたらしくて、声がかすれてるのよ」

「はあ」

「酒場女でアブサンかなんか飲みすぎちゃって、声が酒やけした女って外国映画なんかによく出てくるでしょ」

「それでアブサンか……、そうするとこれは牝猫なの」

「牡猫よ」

「じゃあ、酒場女ってのは変だな」

「いいじゃない、面白いと思わない」

「面白いか……」

「ねえ、決めましょうよ」

「決めるって、何を……」

「猫の名前よ」

安さんは思わず吹き出した。その拍子に膝がゆれたのか、仔猫が一声鳴いて飛び降り、女に向って歩いていった。仔猫の鳴き声は、女が言った通りのかすれ声だった。安さんは、唇を半びらきにしたまま女を見つめた。床から仔猫をひろいあげた女は、仔猫の鼻を自分の鼻に押しつけて安さんにうったえるような目を向けている。

「よし、アブサンに決めよう」

「よかった」

女は歓声をあげ、仔猫に頬ずりをしながらダンスのターンのように何度も軀を回転させた。そのたびに落下傘スタイルの白いスカートがひろがり、女の脚が安さんの目をとらえた。

「誰か立会人と一緒に名前をつけてあげたかったの……」

仔猫を抱きしめた女は、楽しそうに店内の品物の一々を点検していたが、二階へあがる階段の下で足をとめた。階段の途中には、いくつかのアルコール・ランプが置いてあり、階段が飾り棚の役目にもなっていた。女はランプに興味があるのではなさそうで、階段の上をじっと見ていた。

「二階は、物置だよ」

安さんが声をかけると、

「ちょっと、見ていい」

返事を待たずに階段をのぼっていった。安さんは、階段をのぼってゆく女を下から見あげようとしたが、かるい咳ばらいをしてタバコをくわえると、店の奥のソファにもどって腰をうずめた。タバコの烟《けむり》が、ある高さにたなびいていた。ときどき天井が軋《きし》み音をたて、安さんはその音を耳で追いながら、二階をあるいている女の姿を想像した。

二階は、安さんの寝室になっていた。寝室といってもベッドをはじめとする家具はすべて売り物、下の店におけば幅をとりすぎ、売り物にしては見栄えのしない品物を簡単にあしらってあるだけだ。注文があればすぐに商品となる物だけが押しこめられ、ランプや扇風機や古箪笥の趣きからいって、部屋ぜんたいが明治か大正の撮影用セットのようになっている。

「こんなとこに住んでるなんて、すてきね」

二階から顔をのぞかせた女がそう言ってから引っ込んだ。安さんは唇をゆがめ、新しいタバコを取り出してくわえた。こんなところに住んでいるのは、決して安さんの趣味でそうしているのではなかった。父親の送金が途絶えてもついに母親が手ばなさなかった家を売って資金とし、時代屋をやっと運営している安さんには、自分が住むアパートを借りる余裕がなかったのだ。仕方なく二階の物置をねぐらとしていたのだが、女はそのねぐらをすてきだと言った。

(何を言いやがる、ひとごとだと思いやがって……)

安さんの頭に苦々しい気分がはしった。だが、女のごく自然な物言いが、安さんの心の暗い淵に奇妙な明るい点を生じさせたのもたしかだった。安さんがやむをえずやっていることの一々を、女はすべて趣味として見ているようなのだ。仕方ない結果をわざとそうしているかのように思い込む知恵を、女はどこかで身につけている。そういう女のセンスを安さんは快く感じはじめていた。

店の扇風機が奇妙な音をたてはじめた。「交流電気扇」と記された古い扇風機は誰から買ったものだったか、店で使っているうちにどこか具合がわるくなったのかもしれない。外を大型のトラックが通りすぎ、道に埃が舞いあがった。安さんは苦々しく立ちあがってサッシの戸を閉めた。二階をあるいているらしい女の足音が急に高くなったような気がした。安さんはちょっと階段をのぼりかけ、ソファの横の灰皿に置き放したタバコに気づいた。戸を閉めた店内に、タバコの烟がゆったりとただよっていた。安さんは、タバコをつまんで一服喫い、灰皿に押しつけて消した。二、三人が螺旋階段を乱暴な足どりで降りてきて、店の前でちょっと立ちどまったあと、大井町駅へつづく商店街の方へあるいていった。店内は、扇風機の音と、二階の女のけはいだけになった。

安さんは、階段に片足をかけてすこしのあいだたたずんでいたが、やがて階段を踏みしめて二階へ上っていった。

屋根裏部屋のようになっている二階には、小さな観音びらきの窓が二つしかなく、その窓にはカーテンがかかっていて外からの光を遮断している。天井の大きなランプは消したままになっていて、キング・サイズのベッド脇のスタンドだけが部屋のあかりだった。女は、ベッドの上に坐って窓のカーテンからもれてくる光線に目をやっていた。

「何か、気に入ったものあったかい」

安さんが声をかけると、女はゆっくりとふり向いた。

「ぜんぶ、気に入ったわ」

女の手には、まだなみだ壺がにぎられていたが、仔猫は見知らぬ部屋を探索しているのか姿が見えなかった。

「おれは、これがいちばん気に入った……」

安さんが近づいて肩に手をかけると、女はクッと笑って肩をすぼめ、なみだ壺を目にあてた。

安さんの中に、自分はいまこの女を必要としているのだという呟きが何度も生じた。肩に当てた手を胸にすべらせ、安さんは女の軀をベッドに押しつけた。女は、ちょっと軀をかたくしたが、すぐに力をぬいた。Tシャツをぬいだ女の乳房は小さかった。乳首にふれると指をはじくほどかたくなり、乳房のあいだに汗が浮き出た。その汗を舌で吸いとると、ノドの奥に不思議な匂いがひろがった。歩道橋を向うからわたってきて、螺旋階段を降りる靴音がとどいてきたが、ふたりはじっと息を殺していた。暗い部屋のどこかで、仔猫が爪をといでいるらしい乾いた音がいつまでもつづいていた——。

真弓がこの店にあらわれたときの顚末をたどっていた安さんは、あの日から時代屋に居つくことになった真弓が、自分にとって大きな意味をもつ存在であることをあらためてかみしめた。第一、真弓の感覚によって、時代屋は父親に対する意地ではなく、ポップな商法の古道具屋となることができたのだ。そして、かつて雨樋へ落ちた古銭を拾おうとする安さんを支えていた手の温みは、母親から真弓へとうつっていったはずなのだ。

（そういう意味では、真弓はおれの恩人みたいなもんだな……）

だが、その真弓がどんな時間をかかえて生きてきたのか、それを安さんは何も知らないといっていいのだ。妙な軋み音に耳をひかれた安さんは、あのころからずっと店にのこっている扇風機を見つめた。売れもしないかわりにそれ以上故障もせず、ずっと同じところにおさまっている。こういうのがいかにも時代屋の品物らしいってわけだ……自分の気分を真弓になぞらえようとしたとき、安さんは窓のあたりにおぼえのあるけはいを感じた。安さんは、馴れた手つきで戸棚からキャット・フードを取り出し、箱をふって床にある皿の上へばらまいた。器用に窓をすりぬけて床へ飛び降りたアブサンは、独特のしわがれ声で鳴いてからノドを鳴らし、安さんの足に軀を押しつけた。

4

「あれ、待ち合せはトン吉やで……」

まだ日が暮れていないのに安さんがドアを押して入ると、サンライズのマスターは店の奥のカウンターで読んでいた競馬新聞を丸め、眼鏡を額へ上げて目をしばたたいた。

「わかってますよ、ちょっとコーヒーが飲みたくなってね……」

「へえ、安さんでもそないなしゃれた気分になることあるんかいな」

「おれだってコーヒーくらい飲んでもいいでしょう」

「何しろ安さんは、わしなんかより爺むさいところあるよってなあ、コーヒーより抹茶ちゅう感じやな」

「おれはべつに古美術商じゃないんですよ、ただのポップな古道具屋だからね」

「そのポップっちゅうのは真弓ちゃんのイメージやろ、安さんは小学校のときからの骨董好きの、ただの爺むさい男やないか」

「またはじまった……」

「とにかく、時代屋は女房でもっとるんやから……」

マスターは、自分用のコーヒーを手に持って安さんの席へ坐り込むと、あたりをはばかるように声をひそめて話しはじめた。あたりをはばかるといっても、店には客はひとりもおらず、コーヒーをいれる渡辺さんとコーヒーをはこぶユキちゃんが、手持ぶさたな表情でぼんやりしているだけなのだ。何かをしゃべるとき、首をちょっとひねって斜めうしろを気にする仕種をし、目をすばやく四方に配るようにするのは、もうずっと前からのマスターの癖になっている。

「まだかいな……」

「女房ですか」

「当り前やろ、今んとこの心配ちゅうのんはそれしかないがな」

「まだですね」

「ばかに落ちついとるやないか」

「まあ、あせったって仕方ないから……」

「あんたなあ、そこで二枚目ぶっとるばあいやないで」

「でも、待ってるより仕方ないからな」

「そんなもんやろかねえ……」

マスターは、ポケットから自分で削って作ったというパイプを取り出し、空《から》のまま口にくわえて二、三回吸った。マスターもたしか今年で五十五、クリーニング屋の今井さんと同年輩だが、すべてに対する積極的な姿勢が服装や趣味にもあらわれていて、今井さんよりも十歳は若く見える。二つ年上の奥さんと連れそって以来、地道な暮しをつづけている今井さんにくらべ、マスターの生き方はどちらかといえば派手だ。この年まで正式な結婚などしたことがなく、店の経営もサンライズを出すまでにいろいろと手広くやっていたらしい。カレーライス屋、洋食屋からレコード店までやったあげく、今の商売に落ちついたというはなしを聞いたことがあった。

「マスターは、闇市そだちだから……」

今井さんがときどき言うその意味は安さんにはよく分らなかったが、今井さんとマスターの人生観は極端なまでにちがっている。今井さんの下町ふうの言葉遣いは自然だが、マスターの関西弁にはどこかに作りものめいたところがある。関西弁がマスターの何かの隠れミノになっている……安さんはそんな感じさえ受けることがあった。連れだってあるくマスターと今井さんの姿をながめていると、使い古された道具が奇妙な組合せで今ふうの商品となっているのに似ていると思うことがある。そういう安さんに気づいたマスターが、

「安さんは、何を見るのも時代屋の主人の目えで見るんやな」

と言ったことがあった。

「そやから、友だちかてわしらみたいな骨董品だけなんや」

マスターはそうつけ加えて笑っていた。そばにいた今井さんが目をほそめ、それが癖の鼻の先をつまんではじく仕種をしていた。

今日のマスターは、やたらにユキちゃんに気をつかっているようだ。さっき自分用のコーヒーのお代りをたのんだとき、首をすくめたマスターの視線を、ユキちゃんはぷいと横を向いて無視していた。マスターは安さんに向って片目をつぶり、すぐあれだからなという表情をした。

(ゆうべは、またご乱行か……)

安さんがあきれ果てた顔をすると、マスターは神経質にパイプの掃除をしていた手を休め、大きく吐息をついた。しかし、その表情には奇妙な充実感があった。凝ったエビ茶の半袖シャツの左袖に、安さんの見馴れないマークがついている。ベージュのズボンにはきっちりとした折目がつき、ベルトはやや幅広で金色のバックル付き、靴は濃い茶色のブーツをはいている。新聞などを読むとき以外は、金ぶちのうすい色つきの眼鏡をしていて、ふたつの眼鏡を小さな

バッグから器用に取りかえるのだった。

黒いTシャツにGパンという安さんの恰好とくらべると、マスターには現代のファッションを満喫している初老の紳士という風情があった。だが、こうやって日常の時間を楽しみつくしているかのようなマスターが、それによって何かを忘れようとしているという感じを、安さんはマスターがときに表わす表情から受けることがあった。このことはもしかしたら、この年まで独身をつづけている何かとつながるのではないか……そんな気がすることもあったが、そこから先へ踏み込まないのが都会の流儀、安さんはそれを口にしたことはなかった。

ユキちゃんは、半年くらい前にサンライズにつとめはじめた。二十二、三歳、背が高く色白で肩が張っている。ほそい軀にふっくらとした丸顔がのっているのが、ぜんたいの趣きに好色そうな感じをあたえている。コーヒーを持ってきて前屈みになると、だぶついたベージュのサマー・セーターのVネックのゆるみから、下着をつけていない胸のふくらみがのぞくことがあった。いつも細身のジーンズをはいていて、サマー・セーターとジーンズのあいだからタテ形ヘソがのぞくこともしばしばだった。

そのユキちゃんが、今日は妙にとげとげしい表情をつくっているのだ。こんなとき、安さんの胸には思い当ることがいくつも浮ぶのだった。これまでにも何度かユキちゃんが不機嫌さをあからさまにすることがあり、そのあとマスターからかならず手柄話を聞かされた。

「あいつ、見かけによらずあの方では受け身やねん……」

ユキちゃんとの時間の一部始終を細かく報告するマスターを見て、安さんにはその無邪気さがさわやかに感じられるのだった。

「ゆうべ、いじめたんでしょう……」

小声で言った安さんが肘でマスターの脇腹を突くと、マスターはわざとらしい咳ばらいをしてユキちゃんを窺ってうなずいたが、思いなおしたように押しだまった。

「安さん、真弓ちゃんなあ、今度こそ帰ってこんのんとちゃうやろか」

「不吉なこと言わないでくださいよ……」

「安さん、あっちの方、怠けとるんとちゃうか」

「そりゃまあ、マスターみたいにマメじゃないけど、それで出ていくってのはねえ……」

「いや、あれを見くびっちゃあかんでぇ、女ちゅうもんはやね……」

言いかけたマスターが言葉を途切らせたのは、不意をおそうように水を注ぎ足しにきたユキちゃんに気づいたからだった。

「ユキちゃん、元気」

その場の空気をごまかすように安さんが声をかけると、ユキちゃんは声をたてて愉快そうに笑った。ユキちゃんの左の犬歯に金がかぶせてあるのに、安さんははじめて気づいた。

「安さんも、だんだんマスターに似てくるわね」
「おれがマスターに……、ありがたいけど、おれそんなに不良じゃないぜ」
「あら、根はどうだか分らないわよ」
「どうして今日はそんなに責められるのかな」
「責めてるわけじゃないけど、安さんの目って、ときどきマスターに似てるなって思うことがあるのよ」
「おれの目がマスターにかい、淫猥の弟子ってやつか、いやだな」
「おいこら、わしを前にしてええかげんにせえや」
「とにかく、似てますよ、おふたりは」
「そうかねえ……」
「だって、ゴーカン結婚なんでしょ、奥さんと」
「え」
「こないだ、奥さんに聞いたわよ」
「あのやろう、そんなことしゃべったのか」
「でも素敵ね、ゴーカン結婚なんて」
「何を言うとるんやろねえ、うちの従業員は……」

マスターが新しく入ってきた客をあごで示しながら言うと、ユキちゃんは心得顔で奥のカウンターへ行き、盆の上に水の入ったグラスを二個のせて注文を取りにいった。マスターはパイプにつめたタバコを小さな道具で押し込み、用心ぶかく火をつけて二、三回ふかし、烟をゆっくりと吐き出した。

「安さん、おかげであいつ機嫌がなおったらしいわ」

「やっぱり、ゆうべいじめたんですね」

「さっきまでは、取りつくしまものうてなあ……」

「凝りすぎなんですよマスター、万事につけてね」

「そんなこと言うとったら、今井さんみたいになってまうでぇ」

「でも、ユキちゃんはマスターに似てきたって言ってたからなあ」

「まだやまだや、おれから見たら安さんなんてまだまだヒヨコみたいなもんや」

それはそうにちがいない、と安さんは思った。幼いころからの古道具好きで、学校を卒業してからも商売を成り立たせることで精いっぱい、そのうちに真弓が居ついてしまったのだから、気を散らす余裕すらないままにここまでやってきた。真弓との関係にしても、強姦結婚というのはいかにも真弓らしい言い方だが、ふたりの生活は淡々としたものだった。

それに、安さんの今のエネルギーは、どちらかといえば真弓の夢を実現するために費やされているという感じだ。古道具屋をやるというのはたしかに安さんの計画だったが、真弓の出現によってその方向がはっきりと修正された。使い捨てられた道具に息を吹きかけて現代に生き返らせるポップな商売……真弓があらわれてからの時代屋はそういうことになった。そして、安さんはそれを心地よく受け入れてきた。時代屋は女房でもっている……そういう言い方は、いろいろな意味で当っているのだった。それにひきかえマスターは、自分の趣味を次々と実現してゆくために、商売を変え女を変えて生きてきた。だが、そういうめまぐるしい変化がマスターの何かをカモフラージュしているように見えるときが……思いが堂々めぐりをしていることに気づいた安さんは、冷めてどんよりしているコーヒーの表面にスプーンを入れた。すると、カップの底に沈んでいたミルクが浮きあがり、奇妙な色合いになった——。

5

トン吉はやはり混んでいて、三人がやっと割り込めたのが幸運という状態だった。

「ああいうの、ありがた迷惑だよね」

週刊誌にトン吉のことが載っていたという話をはずませようとする客には答えず、マスターに向ってしかめ面をつくったオヤジがそう言った。週刊誌で宣伝されても、それを読んで押しかける客をこなせないから、けっきょく意味がないというのだった。

「それに、あんまり混んでくると、昔からのお馴染みさんに迷惑だしなあ」

言いながら煮込みの大鍋をかきまわすオヤジに、今井さんはだまって大きくうなずいた。

「そんなこと言うとったらあんた、時代から取りのこされますがな」

わざと水をさすマスター独特の言い方を心得たオヤジは、

「時代に取りのこされたって、時代屋に取りのこされなけりゃあ大丈夫さ、なあ安さん」

安さんの皿にナンコツを置きながらしわがれ声を出した。マスターは、オヤジの駄ジャレに一応笑いを向けてから安さんに目くばせし、

「その時代屋の主人が女房に取りのこされる時代やからねえ……」

オヤジに聞えない小声で、思い入れたっぷりにささやいた。

「マスターには負けるよ……」

安さんがあきれ顔でふり返ると、今井さんも苦笑いした。今井さんもマスターも、トン吉ではレバーと煮込みしか注文しない。それは歯のわるいせいだろうと思うのだが、ふたりともオヤジのつくる煮込みに目がないこともたしかだった。

豚の臓物をぶつ切りにして湯がいたのが、大鍋の中へぶち込まれる。大鍋の中はただの湯で、

豚の臓物以外にはこまかいコンニャクの切片しか入っていない。何でもそのコンニャクはビールの栓で引っ掻くのだそうで、そうするといちばん煮込みの味が滲みるのだとオヤジは自慢する。こういうことに感激するのはやはり今井さんで、オヤジがそのはなしをするたびに、「だから信用できるんだ」という顔でうなずくのだ。マスターは、そういうはなしにいちいち反応するのはプロに対して失礼とばかり、わざと軀に力を入れて無表情をつくる。そのくせやたらと煮込みを注文するところを見ると、トン吉のオヤジの仕事の中心は煮込みであると見破っているのだろう。

注文に応じて大鍋からすくい上げた煮込みを皿に盛り、あらかじめ刻んであったネギと塩をさっとふりかけて出す……大鍋の中では何も味をつけていないので、仕上げにさっとふりかけるネギと塩で味がきまるわけだ。

「レバ刺し……」

安さんの注文にマスターが声をかさねた。オヤジは、

「はい、レバ刺し二つね」

と声を出して冷蔵庫をあけ、ホーローびきの器から串に刺したレバーを六本皿に入れ、煮込みのときと同じ要領でネギと塩をふりかけて出した。安さんは馴れた手つきでトウガラシの入った竹筒を取り、レバ刺しの上に少しふりかけた。赤紫がかった肌色のレバ刺しの上に塩が波

紋をにじませ、ネギの青味をあしらったところへトウガラシの赤が降り落ちると、マスターがすかさず一本を取った。

「カクテル……」

口の中に煮込みを入れてもぐもぐさせながら今井さんが小さな声を出すと、オヤジは首筋のあたりでその声を受け取って「はいカクテル」と言った。その声に応じて、オヤジのうしろに立っている白い割烹着の地味な奥さんがカクテルをつくる。

カクテルはトン吉特有の飲み物らしく、焼酎とジンジャーエールを混ぜたもので、これがヤキトリには奇妙に合うのだ。カクテルのお代りをするたびに、グラスの中にレモンの皮のスライスがふえ、その数によって何杯飲んだかが分るようになっている。

「ながが年の知恵なんだねえ……」

今井さんが、自分の商売でもこれに似た工夫があると思い当ったような顔で言ったのを、安さんはいつか聞いたことがあった。だが、さっきカクテルの注文をしたときの今井さんの声が、いつにもまして弱々しいような気がして、安さんは訝《いぶか》りながら今井さんの横顔をながめた。するとマスターはすでにそれを察していたらしく、

「今井さんよ、安さんを元気づけようと思うとんのに、あんたが沈んでしもたらあかんやないか、何かあったんとちゃうか」

二本目のレバ刺しの串を口へはこびながら声をひそめて言った。

「え、元気ない、あたしがかい……」

「元気ないどころやないで、声が弱いがな第一、なあ安さん」

「いや、ほんとに、ちょっと元気ないんじゃないですか」

「飲みすぎかいな……」

「まさか、マスターじゃあるめえし」

「遊びすぎゆうことはまずないやろなあ、軀の調子でもわるいんとちゃうか」

「軀がわるいってのは、今日にかぎったこっちゃねえよ……」

「大事にした方がいいですよ、早目に帰ったらどうですか」

「いや、大したこたあねえから……」

今井さんは、ふさぎがちの気分をふるい立たせようと、カクテルを一気に飲み込んだが、無理をしたのかむせてしまった。しばらく咳込んでいた今井さんの背中を片手でさすると、安さんはちょっと息を止めた。今井さんの背中の感触が妙にごつく、弱々しい外見とは別人のように逞しく感じたからだった。

そのとき、縄ノレンを払いあげるようにして、カーリー・ヘアの女が店に飛び込んできた。

そして、マスターの横の椅子があいているのを見つけると、ちょこんとそこへおさまってしまった。オヤジが飲み物の注文を聞かずだまってカクテルを出したところをみると、何度かトン吉へやってきている客なのだろうが、安さんはこの若い女を見たことがなかった。

となりへ坐ったのを一瞥したマスターが、

「何や、土人の親せきや思ったがな……」

と声をあげた。マスターの言い草にオヤジが笑い、つられて数人の客が笑った。だが、今井さんはカウンターの上のカクテルのグラスを片手でつかんだまま、軀に力を入れて前屈みの姿勢をつづけていた。

「失礼ね」

小さい軀のわりにドスの効いた太い声で女はそう言ったが、不愉快そうな様子はなかった。眉毛が濃く手入れをほどこしていないため、ファッションのわりに青くさい趣きがあった。Tシャツの胸に乳首の丸味が浮き出ていたが、それが色気というふうには見えなかった。ここらが潮どきと安さんは今井さんをうながして立ち上ろうとした。

「まだ早いがな、もう少しええやないか……」

マスターは、ヤキトリの串をくわえておどけた顔をつくった。

「そんじゃ、わるいけどお先に……」

今井さんが思い切ったように言って立ち上り、安さんとマスターの肩を交互にたたいて出て

いった。それを目で追おうとする安さんの膝に手を当てたマスターは、

「今日は帰してやった方がええ、そうとう具合がわるいらしいわ」

言いながら器用に席をずらし、自分と安さんのあいだへ女を坐らせてしまった。こういうことをスナックやバーでやる男は何人も目にしたが、トン吉でもそれをやるのがマスターらしいところで、やかましいオヤジも見て見ぬふり、勝手な席の入れかえを黙認してしまった。女もマスターのごく自然なすすめにしたがって、何の抵抗もなくふたりの真ん中へはさまれて坐っている。

(向うは向うで、こういうのに馴れているということか……)

安さんは、あまりにスムーズな席の入れかえを目のあたりにしてただ感心するばかりだった。ところが、マスターの今夜の目的はいつもとちがっていた。マスターは、もっぱら安さんと女との一夜を成り立たせるように話をしむけているのだ。安さんが口をはさもうとしてもマスターは割り込ませず、不思議なことに女はマスターの交渉を受け入れるけはいさえ見せはじめた。

何杯目かのカクテルをあけたマスターと女は、すっかり意気投合し安さんを無視してしゃべり合っている。自分の孫にも当る年齢の女を相手にして、猥談がらみのやりとりをしているマスターを、安さんは皿をもちあげて煮込みの汁を飲み込みながらながめていた。

「だからやねえ、女房に逃げられる男ちゅうのはいったい何やと思ういうとるんやないか」

「よく分らないけどね、テレビの蒸発番組なんか見てても、たしかにパターンがあるのよね」

「あんた、そういう関係の仕事しとるんか」

「友だちがテレビ局にいてね、よく聞くだけなんだけど……」

「その友だちが何ぞ言うてたんか」

「暴力でしょ、変態でしょ、仕事ぎらいでしょ、サラ金からの逃避行でしょ、真面目っていうのもあったんじゃないかな」

「なるほどなあ、真面目か……」

「蒸発する女房のパターンもあるらしいわよ」

「ほう、それはどんなパターンかいな」

「えーとね、やっぱり異常なセックス好きじゃなかったかな、トップは」

「若い男と逃げるゆうやっちゃな」

「あの人がってタイプなんだけど、そういう若くて強い男に遇《あ》って狂っちゃうのね」

「スナックなんかへつとめて、客とできてしもたとか、いろんなキッカケがあるさかいなあ。で、二番目は何や」

「亭主に内緒でサラ金借りて、バレたら殺されるっていうんで子供をおいて蒸発」

「それもよくあるらしいわなあ」

「でも、女が蒸発するときはぜったいに一人じゃないのよね」

「へえ……」

「サラ金から逃げるんでも、暴力亭主から逃げるんでも、かならず一緒に逃げる男がいる」

「そのあげく、ポイと捨てられたりするわけやな」

「そうよね……」

「あんた、まさか蒸発中の身の上ゆうわけやないやろな」

「残念ながら……、でも、一度してみたいなあ、蒸発」

「なんでや」

「ロマンチックじゃない、蒸発って……」

女は、目を宙に泳がせてあこがれるようにカウンターに頬杖をついた。マスターと女の会話を苦笑いしながら聞いていた安さんは、真弓の家出は蒸発なのだろうかと考えた。真弓は、これまでに三度、同じように一週間ほど姿を消したことがあった。そのときも安さんには家出の理由がつかめなかった。だが、真弓はきっちり七日目には帰ってきた。安さんは帰ってきた真弓に理由を聞いたこともなかったし、出て行ったことを咎めたこともなかった。時代屋は女房でもっている……その女房が帰ってきたんだからそれでいい、安さんはいつもそんなふうに気持をおさめてきた。

（それがいけなかったのだろうか……）

女が「ロマンチックじゃない、蒸発って……」と言ったとき、安さんは、ふとそんなことを思った。だが、どんなふうに思いを巡らしても、真弓の家出の理由はまったく分らないのだった。そして、マスターと女の軽妙なやりとりに耳をかたむけているうち、真弓は今度こそ帰ってこないのではないかという予感が固まりはじめた。だが、その予感の根拠もまた、安さんには何もつかめていないのだった。

（とにかく、あしたが七日目だ……）

そんな思いを嚙みしめた安さんの目の向うで、笑い興じるマスターと女の姿が小さくなった。

「おい安さん、交渉成立や、もう一軒飲みに行こ」

マスターが手柄顔をつくり、カーリー・ヘアの女が安さんに向って手をふった。声だけがまぢかにひびき、ふたりの姿が遠くに見えるのが奇妙だった。安さんは、目に力を入れてまばたきをしたが、トン吉のけしきはいつまでももどらなかった。

6

時代屋の二階には、あいかわらずキング・サイズの古いベッドがでんと構えていた。いつも真弓と飲んでいたウィスキーの瓶を取り、大正時代のグラスに注ぐと、琥珀色の液体が小さくふるえた。大井町駅方面から池上通りへ左折する信号が変り、深夜のタクシーがいっせいにアクセルを踏んだのだろう。

(マスターは、あの女と飲みあるいてから、やっぱり連れ込みホテルか……)

安さんは、自分のためにひっかけてくれたつもりの女とホテルへ行くマスターの姿を思い浮べて含み笑いをした。女と安さんとの仲をとりもっていたはずのマスターが、一緒に飲みに行こうというのを断わったとき、マスターはいつになく素直にうなずいていた。思いもかけず気の合うタイプだった女に、マスターの気持がとっくに傾いていたということなのだろう。

(マスターのこころは、ああやっていつも蒸発しているのかもしれない……)

グラスにのこったウィスキーを一気に飲み干すと、トン吉でしこたま飲んだカクテルが軀のなかでゆっくりと回転しはじめた。三角になった天井がゆれ、売り物の家具たちがいっせいに軋むようだった。ガラス面に中国の花をあしらった飾り用の大鏡のなかに、グラスを手に持った三十男がひとり突っ立っているのに気づき、安さんはゆれる軀を立てなおして顔を近づけた。

鼻の下とあごに無精ひげが目立っていた。髪の毛も油気がなくなり、埃っぽく額に垂れている。酒気をおびた目が血走っていて、ときどき目の下の筋肉がこまかく痙攣した。

（これが、女房に蒸発された男の顔か……）

安さんは鏡の中の自分に舌打ちを浴びせ、ベッドに身を投げだした。その震動で固いものが床へ落ちた。安さんと真弓が東北へ買出し旅行をしたときの写真だった。チリ紙交換車のような拡声器を取りつけたライトバンでいなかを回り、「ご不用の食器、家具、器具、古い人形やおもちゃなど、何でも割高にお引き取りいたします」と怒鳴って回ったのは、真弓が居ついて一年目の秋だった。あれも真弓のプランだったが、ふたりにとっては商売をかねた新婚旅行のようなものだった。ライトバンの上で肩を組み、カメラに向ってガッツ・ポーズをとる安さんと、面白そうに笑っている真弓の姿があった。

（あいつ、こんなものいつのまに額に入れてたんだろう……）

そう思ってよく見ると、小さな額は見おぼえのある時代屋の商品だった。安さんの顔に思わず笑いが浮び、写真をかざしたまま寝返りをうった。すると、枕のかげで寝ているアブサンの顔が目の前にあった。

「何だおまえ、ここにいたのか……」

安さんは、ちょっとはずかしいような気分になって、乱暴にアブサンを抱きあげた。アブサンは例のしわがれ声で鳴いて、ノドを鳴らしはじめた。

アブサンは、しばらく安さんにおとなしく抱かれていたが、やがてはずみをつけてベッドに飛び降り、真弓の枕のかげにうずくまってしまった。安さんは、定まらぬ目で部屋を見まわし、他人がかつて使っていた物の中に埋まっている自分に息苦しさをおぼえた。時代屋は、時代を売るだけでなく、他人の時代を買いあつめてもいるわけだ……安さんはそんなことをはじめて感じたのだった。誰かが歩道橋をわたってきて、螺旋状の階段をゆっくりと降りて店の前を通り、京浜第二国道の方へ歩いていった。その足音が遠ざかっていくと一度眠気がおとずれたが、それを通りこすと目が冴えはじめ、安さんはついに一睡もせずに朝をむかえたのだった。

7

遠くのほうで何度も声がした。その声が徐々に近くなり、うす暗い部屋のありさまが輪郭をもって目に映じてきた。

「安さん、いないのかい」

その声が今井さんだと分って、安さんはのろのろとした動作でベッドを降り、大きく伸びをした。枕もとのアブサンはとっくに散歩に出かけているらしい。小さな窓のカーテン越しの光線で、すでにお昼ちかくなっていることが察せられた。とりあえず大声で返事をしてから階段を降りて店の外を見ると、ガラス戸にへばりついた今井さんが、救われたような表情で手をふった。

「真弓ちゃんがいねえと、すぐこうなっちまうんだからなあ……」

店へ入ってきた今井さんは、安さんのいれた茶をすすって、心配そうな顔をつくった。

「それより大丈夫だったですか、ゆうべはそうとう具合がわるそうだったけど」

「いや、そういうわけじゃあねえんだよ」

「心配ごとかなんかですか……」

「ま、そんなことだけど、もうすんだ」

「すんだ……」

「いや、あの、それよりあのトランクだけどねえ」

「トランクって、あの切符の入ってたやつ」

「ああ、あいつあまだ売れちゃあいないだろうね」

「ええと、ほら、そこにあるでしょう」

「あ、これこれ」

大小のトランクの中から、自分が持ってきた小さなトランクをつまみあげた今井さんは、一万円札をそえて安さんの前へさし出した。

「どうするんです……」

「これ、売ってくれるかい」

「売るったって、二千円で引き取ったんだから」

「でも、それじゃあ手前勝手だから、売り値で買わせてもらおうってわけさ」

「冗談じゃない、二千円でいいですよ」

「それじゃあわるいもの……」

「わるくなんかないですよ」

「そうかい……」

今井さんは申し訳なさそうに一万円札を引っ込め、ポケットから皺くちゃな千円札を二枚出して安さんにわたした。

「たしかに」

「すまないねえ……」

「すまなくなんかないって……大事な物だったんですか」

「いや、大事ってわけでもねえんだが、ちょいと手ばなしたくなくなったってわけだ……」

「はあ」

「店をあけてきたもんで、これで……」

「どうも……」

安さんは、今井さんのうしろ姿を見送りながら首をかしげた。ゆうべの今井さんのふさいだ様子とトランクとは、たぶん関係があるのだろう。そして、あの昭和九年九月二日の国電の切符が、今井さんにふさいだ気分を生じさせ、トランクを買いもどす決心をさせたのはたしかなことだ。今井さんの気分をあれほど左右する時間が、あの切符とトランクにはからみついていたということか。安さんは、冗談半分に自分の口から出た、「今井さんの過去の時間まで引き取っちゃあわるいからなあ」という言葉を、頭の中で何度もくり返した。

トランクを買いもどして抱え、足早に信号をわたってゆく今井さんの背中には、あきらかにゆうべとはちがう気のはずみが貼りついていた。

(何だか知らないけど、よかったみたいだな……)

安さんはそう思った。それ以上踏み込まないのが都会の流儀……安さんの耳の奥をそんなセリフがはしりぬけた。そして、もしかしたらこのセリフは真弓の口から出たのではなかったかと思い当って唇を噛んだ。安さんは二日酔いの頭を掌のはらで殴りつけ首をふって、さっきから鳴りつづけていた電話を取った。

「あの、玉突き台の件でお電話した者ですけど……」

「ああ、きのうはすみませんでした、今日は取りにうかがえると思いますので」

「いえ、あの、いろいろと考えたんですけど、やっぱり手放すのはよそうということになって……」

「そうすると、お売りにならないんですね」

「ええ、主人とも相談してそういうことに……」

「はあ……」

「申し訳ありませんでした、せっかくこれまで家に置いてきたんだから、何も手放す必要はないんじゃないかと……、いえ、きのう取りにこられませんでしたでしょ、それでいろいろとこの玉突き台のこと考えることになっちゃって。そうしてみると、いろいろとあるんですよね、思い出が」

「それに、きのう気づかれたんですね」

「ええ、もしきのうおたくが取りにきたら、たぶんすっとおわたししたような気がするんですけど、じっと見てるとなんか未練っていうんでしょうか、かわいそうになっちゃって」

「かわいそう……」

「ええ、とっても愛着がわいちゃったんです。いままで使いもせず放っといたのに不思議だねって、主人も言うんですよ」

「はあ、とにかく、わたしの方ではおうかがいしなくていいということですね」

「はい、本当に申し訳ないんですけど……」

「いやいや、こういうことはよくあることですから気にしないでください、また何かありましたら……」

今井さんといい玉突き台といい変な日だ……電話を切った安さんの耳の奥に、「かわいそうになっちゃって」という女の声がのこっていた。いったん手放そうと思った品物に未練が出てためらうのはよくあることだが、それを「かわいそう」というセリフははじめて聞いたような気がした。それとも、いまのおれがそういうことに敏感に反応しすぎるのかもしれない……安さんは、コップにさし込んだ歯ブラシをながめながらそんなことを思った。

コップには、赤と青の二本の歯ブラシが突っ込んである。赤い色の方は真弓用で、青い安さん用にくらべると形がととのっている。安さんの歯のみがきかたは乱暴で、すぐに歯ブラシの毛並みが乱れてしまう。だから、歯ブラシを取りかえる回数は、真弓にくらべてかなり多い。

「安さんは、乱杭歯だから歯ブラシがいたむのね」

「それもあるけど、おれ、おふくろに歯のみがき方おそわらなかったからな」

「それで、親の仇みたいに力いれてみがくのね」

「真弓は、ちゃんとタテにみがいてるもんなあ、テレビのコマーシャルみたいに」

「そうよ、うちの母親はちゃんとおしえてくれたんだから」

「おれ、おふくろさんに会わなくていいかなあ」

「関係ないでしょ」

「でもさ、籍は入れてないけど、おれたち夫婦だからさ、いいのかなあ……」

「いいのよ、うちの母親は変ってんだから」

「やっぱり、会った方がいいんじゃないの、おれ」

「会わなくたって、こうやって暮してるんだから同じよ」

「そういうもんかねえ……」

「そういうもんよ」

真弓との会話は、いつもそんなところで途切れた。それ以上踏み込むのは都会の流儀に反する……そういうセリフは、安さんと真弓のいとなんできた生活のなかでも生きていた。吹きだまりで出会った塵くず同士が、使い捨てられた品々を売り物にして生きている……安さんはそんなふうに自分と真弓を見立てたこともあった。

「あたしたちって、やさしいのかしら、残酷なのかしら」

「何だいそれ……」

「だって、人にこき使われたあげくやっと静かに死のうとしている物を、無理矢理に生き返らせてもう一度人に使われるようにしちゃうわけでしょ」

「そういう考え方もあるのかね……」

「安さんは、そう思ったことないの」

「おれはただ、古い道具が好きなだけだからなあ」

「死にかけた物を、やさしく生き返らせてあげるってわけね」

「そういうふうに考えたこともないけどね」

「安さんがやさしくて、あたしが残酷なのかしら」

「…………」

「安さんは、気づかないで残酷なのかもね」

「…………」

安さんは、真弓のそういう言い回しにはついてゆけなかった。

記憶の断片を掌の上にのせてながめるようにしていた安さんは、持っていた自分用の歯ブラシをコップにもどし、真弓用の赤い歯ブラシを手に取った。そして、歯みがきをつけずに、そっと口の中へ入れた。かすかに真弓の匂いがするような気がした。安さんは、口の中で歯ブラシをゆっくりとうごかした。真弓の真似をして上下に歯をしごいていた安さんの手のうごきが、歯ブラシの柄を持ったまま止った。真弓の匂いが、さっきよりも強くなったように思ったからだった。

8

「ゆうべは、見事に肩すかしをくってしもてなあ……」

マスターは、コーヒーを置いたユキちゃんが遠のくのを待って、小さな声を出した。ゆうべかなり熱弁をふるったためか、喉に痰がからんだようなかすれ声になっていた。

「あのカーリー・ヘアと、うまくいったんじゃなかったんですか」

「しかしわし、ああいう女好きやなあ……」

「マスターは、何でも好きになっちゃうんだから」

「いや、あの女な、あっちの方もええと思うでえ」

「またそれだ」

「しかしやな、あの女にはまだわしは手をつけてへんさかいに、当初の計画通り安さんの相手になるちゅう可能性はのこっとると、わしはこうゆうことを言いたかったわけや」

「マスターの手がついてなくたって、どうせ誰かの手がついてますよ、ああいう女は」

「そういう品物をあきなうのが安さんの商売やないか、ちごたかいな時代屋はん」

「女と古道具じゃ、はなしがちがいますからね」

「電話番号もちゃんとひかえたる、気が向いたらいつでもわしに言うてきてくれ」

「ま、せいぜいユキちゃんにバレないように気をつけないと」

「でもな、あの女はおもろいでえ……」

マスターは、パイプを掃除する手をやすめ、宙をにらんだ。

（また厄介なことをはじめる気だな……）

マスターの手もとをながめながら安さんがそんなことを思ったとき、入口があいて外の生あたたかい風が入りこんできた。「いらっしゃい」顔見知りに対してだけ発するユキちゃんの声音に、ふたりは入口へ顔を向けた。

「ちょいと通りかかったもんでね」

きのうの様子がうそのような顔色の今井さんが、ふたりの席へやってきて「ミルクテー」とユキちゃんに声をかけると、テーブルの上にビニール袋に入った背広をおいた。マスターはあわててコーヒー・カップを脇へずらし、

「何や、配達でもはじめるゆう気になったんかいな」

「とんでもねえ、ついでがあったから持ってきてやったんだ」

「しかし、きのうは大丈夫かいなと思たけど、今日はえらい元気そうやないか」

「マスターは、ゆうべはひとのこと気にしてるひまなんかなかったんじゃねえのかえ」

「そんなことないがな、友だちのことはちゃんと見てるがな」

「今井さん、おれのズボンは……」

「あ、いけねえ、きのうできてたんだ」

「忘れたんやろ、安さんのズボンは」

「ああ」

「二つのことがいっぺんにできんようになる、これが老化ちゅうもんでっせ、気いつけてや」

「そいつあおたがいさまだぜ」

「いや、わしは大丈夫や、いろんなことが不思議といっぺんにでけてな、なあ安さん」

マスターの言葉にうなずきながらユキちゃんの様子を窺うと、ユキちゃんは店にながれる音楽に合わせて指を鳴らし、肩で拍子をとっていた。だぶついたサマー・セーターの下でゆれている乳房が、安さんの席からも目立って見えた。ユキちゃんも、きのうの不機嫌がなおり、浮き浮きとしているようだ。だが、それはマスターとの関係がもどったというより、ユキちゃんにべつな関係が生じたためかもしれないと安さんは思った。

「ところで、賭けよやないか」

マスターが膝をのり出して今井さんの肩をたたいた。

「賭ける、何を……」

「時代屋の女房が帰ってくるかどうかをや」

「そいつあ面白え、安さんも入るだろ、え」

「冗談じゃないですよ、何でおれが自分の女房が帰るか帰らないかに賭けなきゃならないんです」

「いや、安さんも賭けた方がおもろいがな」

「他人事《ひとごと》だと思って……」

「安さんは帰らん方に賭ければええがな」

「そしてあたしとマスターは帰る方に賭ける」

マスターと今井さんは掛け合いのように言った。そうすれば、もし女房が帰ってこないときでも安さんには賭けに勝ったという運がのこる……まったくタイプのちがうふたりが、自分をなぐさめようとして即興の思いつきを口走っている様子を、安さんは古道具に対するような目つきでながめた。

「よし、じゃあ、おれは帰らない方に賭けるか」

「こっちは帰ってくる方……」

そう言い合って乾杯しようとしたが、今井さんのミルクティがきていないことに三人は気づいた。

「さっき言ったよな、ミルクテーって……」

今井さんが心細い声を出し、マスターと安さんは冷めたコーヒーの入ったカップを宙にかざしたままユキちゃんをふり返った。今井さんの注文をカウンターの向うの渡辺さんに通すのを忘れたまま、ユキちゃんは肩で拍子をとり指を鳴らしつづけている。「ゴーカン結婚って、すてきね……」きのうのユキちゃんの声が、音楽に合わせて小さく開閉する厚い唇にかぶさった。マスターは、ユキちゃんを凝視しながら大きく息を吐き、宙に浮かせていたコーヒー・カップをゆっくりとテーブルの上へもどした。

9

「何だか、ばかにはりきって出かけちゃったんですよ……」

暗い部屋から出てきた今井さんの奥さんが、仕上っていた安さんのズボンを棚からおろし、ほこりを払うような仕種をしてからさし出した。

「出かけたって……、配達ですか」

「いえね、踏切の向う側の三木さんてお宅の洗濯物を、ついでがあるからって持っていったんですよ、べつにあの年で配達をはじめたわけじゃありませんさね」

「そうだろうなあ……」

「さっきは、サンライズまで持ってったし、まったくどうかしてますよ、今日は」

「あ、さっきサンライズで会いましたよ」

「あの、マスターに何か吹き込まれたんじゃないだろうねえ……」

「吹き込まれた……」

「いえね、急にはりきられたりすると、いろいろと気をまわしちゃってねえ」

「へえ……、そうすると、今井さんにも前科があったってわけですね」

「そりゃあんた、うちの人だって男ですからねえ……」

「なるほど……」

「あれで、若いころは女と駈け落ちしかけたことだってあるんだから」

「駈け落ち……、今井さんが、ですか」

「ええ、自分だけつかまっちまってね、失敗したらしいけど」

「奥さんと一緒になる前でしょ」

「当り前ですよ、十五、六ってとこじゃないのかねえ」

「へえ、えらく若いときなんですね」

「近所の奥さんに色目つかわれてね」

「じゃ、相手は亭主もちか……」

「亭主もあれば子もふたり……」

「へえ、武勇伝だねえ」

「何が武勇伝なもんですかね、自分だけ駅でつかまっちまうし、女だけ行方しれずなんだから」

「未だにかい……」

「さあねえ、亭主は別の女をもらったし、女が帰ったって話もきかないしねえ」

「そうか、すると今井さんは、心中の片割れじゃなくて、駈け落ちの片割れってわけですね」

「まあ、そんなとこかねえ……」

いつになく言葉の多い奥さんは、そう言って宙に目を泳がせた。その今井さんとどうして一緒になったのかは分らないが、一度も子供ができなかった二歳年上の女房の苦労が、奥さんの猫背によみがえったようだった。いったん手ばなそうとして買いもどしていったあのトランクが、今井さんの気分の落差の原因であることはたしかだと安さんは思った。昭和九年九月二日の切符、あれはその駈け落ちと関っているのだろうか……。

（いずれにしても四十年も前のことだ、今井さんも二、三日でもとにもどるだろう）

着物についた糸くずを払うために下を向いた今井さんの奥さんの、頭の天辺に透ける地肌が安さんの目に入った。その地肌をじっと見つめていた安さんは、「それじゃ」と声をのこして外へ出た。糸くずに気をとられていた奥さんは、安さんの言葉に気づかず、着物の前をていねいに払いつづけていた。

外へ出ると、踏切の音が安さんの耳をひいた。軍需列車から貨物列車専門の品鶴《ひんかく》線、そして横須賀線と、通りすぎるものは時代によってちがっても、この踏切のあたりは以前とすこしも変らないらしい。いつの日からかクリーニング店をはじめた今井さん夫婦は、いろいろな震動にゆられて年をとっていったのだろう。そう思っていると、うすいブルーにクリーム色の帯のある横須賀線がいきおいよく通りすぎた。

地盤のゆるいこのへん一帯は、地震のさいの危険地区に指定されている。スピードのある横須賀線が通ると、そこに立っている安さんの軀の芯がつよくゆすられているようだった。安さんは今井クリーニング店のビニール袋に入ったズボンを抱えなおし、時代屋へ向う道をたどろ

うとした。すると、踏切の向うから足早にわたってきた今井さんが、

「よお、わるいねえ取りにきてもらって」

甲《かん》だかい声でいって店へ入っていった。安さんは、しばし茫然として今井さんの背中を見おくった。しゃんと軀をのばした今井さんの背丈が、いつもよりすこし高いように思ったからだった——。


大正時代の扇風機、古くさい小型ミシン、SP用のラッパ付蓄音機、手動式の電話機、煤っぽいランプ、貧乏徳利と盃のセット、ゴルフ道具の片割れや竹刀……それらの物々があいかわらず時代屋のけしきをつくっている。

ソファのそばの扇風機が昔と同じ音を軋ませながら回転し、アブサンがめずらしく夕暮前に帰ってきてソファの隅にうずくまっていた。ソファに腰をうずめた安さんは、グラスに注いだウィスキーを舐めながら、指を折っていた。

(今日は帰ってくる、七日目だから帰ってくる……)

呪文のような呟きが軀のなかを這いまわった。真弓の家出の理由は、どんなに考えても堂々めぐり、当っているようないないような推理が浮ぶだけだった。それよりも、ゆうべトン吉で会ったカーリー・ヘアの女が言っていた、「ロマンチックじゃない、蒸発って……」というセ

リフが、安さんの頭の芯をとらえていた。

真弓がここに居ついて五年目、そのあいだに三回も家出をして、判で押したように七日目に真弓は帰ってきた。閉めきった部屋の窓をあけるような気分で、一週間のあいだ新しい空気でも吸いに出ていっていたのか……。

(だから、今度も七日目に帰ってくる……)

また同じ呟きが生じ、安さんは組んでいた足を解いて空を蹴った。軀のなかに何度も浮ぶ呟きとはうらはらに、真弓は今度こそ帰ってこないのではないかという不安が、徐々に羽をひろげてくるという実感もあった。

(帰ってくれば万々歳、帰ってこなければ賭けに勝つ……)

自嘲ぎみにそんなセリフを吐きそうになったとき、賭けに勝つとどうなるかを取り決めていないことに気づいた。眠っていたアブサンがちょっと目をあけて伸びをしたが、すぐにもとの体勢にもどった。安さんの耳に、また古い扇風機の軋み音が聞えてきた。

壁にかけたいろんな時代の柱時計の針が、それぞれの時刻を指している。そのなかの一つが、急に鈍い音で三つ鳴って止んだ。夕凪で風が止ったらしく、じとっとした暑気が軀にまとわりついた。安さんは誰もいない時代屋の奥のソファに、身じろぎもせずに坐っていた。そんな安さんとアブサンの姿を、窓から射し込む夕陽が赤く染めはじめた。安さんは、ソファの脇にある青いガラス瓶が不思議な色に染まっているのに目をとめて手に取った。それは、真弓がいつのまにか二階から下へおろしていたなみだ壺だった。戦場に出かけた兵士を待つ妻の涙をためるなみだ壺……それがいま、女房の帰りを待っている自分の目の前にあるのを見つめ、安さんは弱々しい咳ばらいをした。こうやって坐っていると、行方も知らぬ父親への意地だけでこの店を出した当時の暗さがよみがえってくるようだった。真弓がお色直ししたはずのポップな時代屋が、ただの古道具屋にもどってゆく……そんな気分が、店内をながめる安さんをおそってきた。

夕陽に眠りをさまたげられたアブサンが、迷惑そうに立ちあがって眩しげな目をした。アブサンの瞳孔がたての一直線になり、絵に描いた猫のようになった。安さんの頭に、ラッパ付蓄音機の脇に坐っていた、時代屋の商品のようなアブサンの姿が浮んだ。そのとき、アブサンの瞳孔が一瞬、すっと縮んでから大きくなり、ソファに爪をたてていたかと思うと、いきおいよく二階へ駈けあがっていった。

(何だ、あいつは……)

言いかけた安さんは、はっと思い当ってアブサンの通用口となっている窓から、歩道橋をながめた。すると、歩道橋の反対側に不思議な色が回転しているのが見えた。安さんはあわてて下駄を突っかけ、サッシのガラス戸を乱暴に開け放ってから、二階の階段の下までもどり、

「おいアブサン、時代屋の女房が帰ってきたぜ」

大声で怒鳴ってから外へ飛び出した。安さんは下駄の音をひびかせて螺旋状の階段を駈けのぼり、歩道橋の上へ躍り出た。真っ赤に空を染めた夕陽の中に、池上通りへつづく商店街と、京浜第二国道へ向う商店街が、かなり遠くまで見わたせた。その風景が目に飛び込んだとき、安さんは、この歩道橋へこれまで一度ものぼったことがなかったことに、突然、気づいたのだった。大井から池上通りへまがる三つ叉に架かった歩道橋の螺旋階段の側を降りたところ……何十回となく店の場所を人に教えるときに口走り、アブサンの通用口となっている小窓から何百回となくながめた歩道橋、そして真弓が最初にあらわれたときにわたってきた歩道橋に、安さんはこれまで一度も足をおいたことがなかったのだ。歩道橋の上からはじめて見る三つ叉の風景は、夕焼けのなかで安さんの目をしばし釘づけにした。

やがて安さんは歩道橋の反対側へ目をうつした。そこには、パラソルをぐるぐる回し落下傘スタイルのスカートをはいた女が、ダンスのステップを踏むようなうごきでゆらめいていた。夕焼けの中でパラソルもTシャツもスカートも、何色か分らない色に染まっていた。その姿には、はじめて真弓があらわれたときと同じ、古臭い軽演劇の女主人公みたいなけばけばしさがあった。

「あいつ、やっぱり七日目に帰ってきやがった、律義な女だぜ……」

安さんはなみだ壺を手にもったまま店を飛び出した自分に照れるようにそう呟いた。歩道橋の上の女は、安さんに向ってパラソルで合図し、ペコリと頭を下げた。その姿が一瞬、夕焼けに染まった空の中へ溶け込んでしまったような気がして、安さんはなみだ壺をもった右腕で目をこすった。すると、真っ赤な色の中へかくれようとした小さな影が、徐々に輪郭をあらわし、時代屋の女房の姿となって安さんの目にもどってきた。

泪橋

1

刑場に曳かれてゆく科人《とがにん》が、家族や縁者と今生《こんじょう》の訣れをする場所にちなんで、そこをながれる川は立会川《たちあい》と呼ばれた。立会川に架かった浜川橋には泪《なみだ》橋と別名がつけられ、鈴ケ森という名だかい刑場のなごりを今にとどめている。

(立会川は、東京湾へつづく人工の水路と合流するはずだが……)

工藤健一は、水路を行きかうゴミ運搬船の姿が見えないのを訝《いぶか》って目をしばたたいた。そして、羽田に近い水路が埋めたてられて緑地化され、子供たちの新しい虫採り場となっているという最近の新聞記事を思い浮べた。だが、記事を読んだとき、それがこの立会川近辺であることは想像しなかった。あのころ、水路を往復するゴミ運搬船には、山積みされたゴミにまじるガラスの破片や金属板が、陽の光を反射して不思議な色にかがやいていたものだが……。

指先ではじいたタバコが水面に落ちてジュッという音をたてた。

水路の向う岸は羽田までつづく埋立地で、高速道路の高架線がよこにはしり、そのさらに先はモノレールの線路である。すこし羽田よりに大井競馬場があって、高速道路のうえからは観客席と競技場が見わたせる。競馬場のとなりはオートレース場であり、レース中はそれを眺めながら走る車のスピードが落ちて、「見物渋滞」と呼ばれている。

車が行き来する高速道路に目をやっていた工藤は、水路の中ほどに小さな黒い点を発見した。黒い点はすーっと影を大きくして工藤のすぐ前までやってくると、万歳のような恰好で宙に羽搏き、くるりと回転して遠ざかった。

(水鳥だけは、あのころと同じだな……)

水路の向う岸の埋立地はかなり広いようだが、むかしの波打際というのは、工藤が指ではじいたタバコが落ちたあたりであるらしい。水鳥がやってきて宙返りをするのは、いつもむかし波打際のあったところだという言葉を工藤は思い出した。むかし沖だったところが埋めたてられて地面となっているのに、波打際だけはその地面の手前にのこっている。さっき捨てたタバコが小波にもまれ、紙がほどけたまま浮き沈みしているのを見て眉根を寄せた工藤は、泪橋の石の欄干にのせていた片足をゆっくりと地面におろした。

泪橋から旧道をすこしくだったところに大経寺という小さな寺がある。その大経寺の境内と地つづきとなって保存されている一角が、鈴ケ森刑場趾である。

今から三百六十余年前の慶長四年に処刑された丸橋忠弥を第一号として、白井権八、八百屋お七、天一坊、日本駄右衛門、白木屋お駒、村井長庵、海賊灘右衛門など、芝居や物語で有名な罪人たちが、ここで処刑されている。この刑場は明治三年に廃止されたが、十万人もの罪人の御仕置場として人々に恐れられていた。

一般に鈴ケ森刑場とよばれたここは、幕府の正式呼称では、小塚原の浅草獄門場に対し、品川獄門場といわれた。はじめは五反二畝五歩というから、約五千百六十平方メートルという広さをもっていたが、元禄十年の検地以来、一反二畝に縮小されたという。だが、現在は、第一京浜国道と旧東海道のまじわるところに、大経寺の境内をふくめても猫のひたいほどの土地がのこっているだけである。

鈴ケ森遺跡と刻まれた石碑、南無妙法蓮華経の題目碑、八百屋お七が処刑された円い火焙《ひあぶり》台、丸橋忠弥が処刑された真四角な磔《はりつけ》台など、この鈴ケ森刑場趾の主役は、あのころとまったく同じだな……そう呟く工藤の目の向うを、京浜急行の赤い電車がいきおいよくはしっていった。

(あのスピードは特急か……)

そう思って第一京浜の向う側の高架線を眺める工藤の視界を、丈高なダンプがさえぎった。

そろそろ夕方が近くなり、国道はラッシュがはじまってきた。警笛を鳴らすダンプが次々と数をまし、本格的な渋滞になるのはすぐだろう。

工藤はまだ高い太陽を見あげて汗をふいた。ハンカチがすでに汗をじゅうぶんに吸って湿っていた。腕時計をはずすと、汗がかわいて塩が浮いていた。ぼんやりと夏の陽のなかを歩いていたため、時計バンドのあとだけが陽に灼けずにのこっていた——。

「あの、大学時代のお友だちの山谷さんからのご紹介で、こうやってうかがわせていただいたわけなんですが……」

「山谷はなんと言ったか知らないけど、おれは英語なんて縁がない仕事をしているんで……」

「そんな、ご謙遜を……」

「べつに謙遜なんてしてやしないさ、なにも英語にかこまれていなくたって困らないって言ってるんだよ」

「でも、やはり、これからのビジネスマン、とくに建築関係のお仕事にはますます英語の必要性が……」

「そりゃまあ、英会話が必要になってくるだろうくらいのことは分るけど、英語の百科事典をそろえることはない」

「いえ、お子さまの世代になればですね……」

「うちは女の子でね、嫁に出してやるだけだからね」

「じゃあ、お嬢さまのお嫁入り道具にでもですね……」

「うちの子はまだ三歳だからねえ」

「はあ、そうすると、お嬢さまが成人されるころには、世の中は英語が中心になる時代をむかえますですね」

「とにかく、金もないしね……」

「いや、これはですね、ここでご契約いただければ、とりあえずNWA百科事典を一式おとどけさせていただくことになっているんです。ひと月ばかり本棚におさめていただいてあとは月賦、ご不用であれば引き取らせていただくこともあらかじめ……」

「本棚ったって、そんなたいそうな物を置く場所なんかないよ」

「ともかく、これが内容見本でございますが、写真や挿画がひじょうに多い百科事典ですので、英語に対する親近感が……」

社内電話が鳴り、男は応接室を出て行った。たぶん、あらかじめ同僚にたのんでおいた電話にちがいない。応接室のテーブルに置き放された自分の名刺に目をおとしていると、女子社員がこれから男は会議に入るのでここへもどれないとつげにきて、工藤が椅子から立ちあがるのを無表情で見守っていた。

（たしかに、近ごろおれは淡泊になったようだ……）

英語の百科事典の販売会社の収入は、固定給はあるものの、歩合制による特別保証金にたよらざるをえない。何とか維持してきた注文獲得率が、このところさっぱりあがらない。子供がいるわけでないから、べつだん生活に逼迫することはないが、自分の軀から日ましにぬけていく何かに工藤は気づいていた。さっきたずねた男にしても、がっちりつかめる程度の、いわゆる「やわな相手」だったはずだが……。

大学の卒業名簿からえらんだ相手を適当にたずねるから、工藤の一日の行動区域はその日によってまちまちである。きょうは、「品川区南大井2―18―6矢島建築事務所　向田高志」という相手をえらんでたずね、そこを出てから三時間以上も立会川近辺をぶらついていることになる。

鈴ケ森刑場跡にしばらく立ちつくしていた工藤は、旧街道をもう一度、立会川方面へもどった。

旧街道の両側は、ほとんどが商売屋でぎっしり建てこんでいる。理容館、理髪所、調髪室、理容所、理髪舗など、思い思いの看板をかかげた床屋が多い。昭和の初期に建てたままといった木造の店舗のなかで、頑固そうなはげ頭が新聞を読みふけったり、近所の友だちと世間ばなしに打ちこんだりしている。タバコ屋、洋服屋、電球製作所の看板も、せまいわりに大型トラックが行き来する旧街道の埃をかぶって煙って見える。そういう昔ながらの店々のあいだに、フラワーデザイン・スクールや新築のマンションが新しく建てられ、旧街道のたたずまいは少しずつこわれはじめている。だが、トラックが行きすぎたあとを子供の三輪車がよこぎり、連れだった妊婦同士が、洗い張りの板が電柱に立てかけられているのに目をやりながら話に熱中している風情は、やはり鈴ケ森から品川宿へと向う旧東海道の趣きである。

乾物屋の前に茣蓙《ござ》が敷いてあり、その上にままごとの道具が几帳面にならんでいる。セルロイドの安っぽい人形が前掛けをつけて、虚ろな目を空に向けている。そのわきに、ボウリングのピンが三本、蠟燭にでも見たてたように整然と置かれ、となりには空《から》の鳥籠が意味ありげに添えてある。遊んだあとなのか遊ぶ前なのか……トラックが通りすぎるたびに、鳥籠のなかのブランコがこまかくゆれている。

左へまがれば京浜急行の立会川駅、まっすぐ行けば代書屋、三分間写真、免許証入れ、最新問題集などの看板が目立つ大井鮫《さめ》洲《ず》町だが……鈴ケ森で藪蚊に刺され大きく脹れてきた肘のあたりを掻きながら、工藤は唇をゆがめた。

そして、もう少し歩いたところにならんでいるはずの、クリーニング屋、洋服仕立直し屋、地玉子屋という家並みを思い浮べた。そのとき、頭上を大きな爆音が通りすぎた。

(何かが変ったと思ったのは、これか……)

国際空港が成田へうつったため、このあたり一帯にはあのころのように、着陸や離陸のための轟音がひっきりなしにひびくということはなくなったらしい。空を見あげた工藤は、遠くの空に生じた黒い点に目をとめた。黒い点はみるみるうちに工藤の頭上を行きすぎていった。それは飛行機ではなく、泪橋あたりからはぐれた水鳥が、仲間をさがして飛んでいったのだった。

2

「だから反対側だっていったろう、こっちだよ、こっち」
「よく分んないよ」
「すぐ分るだろうに、ほら、こっち側、ここを割ればなかがへこんでるんだよ」
「こっちかい」
「ちがうよ、こっち側がへこんでる方だよ、ほら」
「ふん、なるほど……」
「だからさ、とがってない方を割ればいいんだよ」
「そうかい」

「洋服寸法直し致します」の看板が出た店のなか、外からも見えるミシンや仮縫いの背広をかぶせた腕のない人形のわきで、ふたりの老人がはしゃぎながらゆで玉子をわっている。新聞紙の上に粗塩《あらじお》がまいてあり、小さな籠からゆで玉子がはみ出している。そのひとつを取ってひとりの老人が火鉢の腹へ打ちつける。

「なるほど、へこんでる、へこんでる。へこんでるよ、ほら」

「あたりまえだよ、おれの言う通りにすりゃあまちがいないって。な、ちゃんとへこんでるだろ」

「そうだな、たしかに、へこんでるわ」

ゆで玉子の割り方ひとつで笑い興じているのが、地玉子屋の一兵と洋服屋の加吉であることは、道の反対側からも見てとれた。トラックが行きすぎるたびに埃をたて、洋服屋のなかの老人たちの影があいまいになった。

（十年前とちっともかわらないな……）

工藤はひとりごとを声に出した。ミシンに木の覆いをかぶせてしまった加吉は、奥からビールをもってきて栓をぬいている。

（もう、今日の仕事は切りあげというわけか……）

ビールを寿司屋の大きな茶碗に注ぐのも、あのころと変っていない。地玉子屋の一兵の女房の澄は、亭主が酒をのむのをひどくきらっていた。おそらく、酒のために軀をこわした前歴があるのだろう。それをおもんばかって加吉は寿司屋の大茶碗を用意している。澄がのぞいたらビール瓶だけを手ばやくかくせばいい……そういう知恵だった。

工藤が店へ足を踏み入れると、ふたりの老人はゆで玉子をほおばったまま同時に工藤を指さして貼りついたような表情になった。何かをしゃべろうとするのだが、口のなかにつまったゆで玉子の黄身が舌のうごきをじゃましているらしい。加吉が急にせき込み、一兵はあわててビールをのみこんだ。

「おまえ……」

「しばらくです」

「しばらくったって、おまえ……」

言いながら加吉は店の外に目をはしらせた。

「だいじょうぶですよ、もう」

「ほんとか……」

「だって、あれから十年もたったんですから」

「十年、そんなになるか」

「おふたりとも、元気そうで……」

「そんなことより、あれからどうしてたんだ」

「いろいろと……」

「そりゃまあ、いろいろだろうけどよ、なあ加吉ちゃん」

加吉はまだのどにつかえたゆで玉子をのみこめないらしく、自分の胸を拳でたたきながらうなずいた。

「はて面妖な……」

やっと玉子をのみこんだ加吉は、得意の仕種で腕を組み、斜め上方を睨むようにして見得をきってみせた。

「あいかわらずですね……」

「じょうだんじゃないぜ、だまっていなくなって十年も音沙汰なし、急にやってきてあいかわらずもねえもんだ、なあ一兵ちゃん」

「ああ……」

寿司屋の大きな茶碗を口へもっていきながら、ふたりの老人はうらみがましい表情をつくって工藤を見た。工藤は、ふたりに向って交互に頭をさげた。しばらく沈黙がつづき、二、三台のトラックが旧道を通りすぎた。

「まあ、すわんなよ」

加吉が腰をずらし、一兵は奥から寿司屋の大茶碗をもうひとつもってきて工藤の手ににぎらせた。

「とにかく、久しぶりだからな……」

一兵が音頭をとるように茶碗を宙にかかげ、加吉も同じようにした。ふたりのほそい腕に目立つ皺とシミが、あれからの十年の歳月をものがたっていた。工藤は加吉と一兵の茶碗に自分の茶碗を当てた。茶碗がにぶい音をたてると、ふたりの老人ははじめて笑顔をつくって工藤を見た。ふたりの顔つきは、あのころと同じだった。工藤は口にもっていこうとしていた茶碗を、しばらく宙に止めていた。

「じゃあ、もう足をあらったのか……」

「何を……」

「あの、例のカゲキハってやつさ」

「ああ、あのころは学生はみんな過激派みたいなもんだったですからね」

「でも、おまえは追われてただろ、警察にさ」

「そういえばね……」

「そういえばじゃねえだろう、おまえが追われてて、俺たちがかくまってやったんだからな」

「そうだよ、俺と一兵ちゃんがかくまってやんなかったら、おまえなんか警察にとっつかまっちまったんだから」

「加吉ちゃん、そう言うとなんか恩着せがましいだろ」

「でもさ、だまって出てっちゃうことはねえんだよ、犬だって三日飼われりゃ、おめえ」

「恩を忘れないってんだろ、それじゃ、またぞろ恩の話になっちゃうぜ」

「あ、こりゃいけねえ」

「けど、加吉ちゃんの言い分もわかるよ、置手紙とか何とかさ、なんか情《じょう》ってものをのこして出ていくもんだぜ、それが仁義ってやつだ」

「すみません……」

「いや、べつにあやまるこたぁない、おまえだってたいへんだったんだ、逃げなきゃとっつかまっちまうんだからな」

「おかげさまで、助かりましたよ」

「まあ、無事で生きててよかったさ」

「そうそう」

うなずき合った老人たちは、籠のなかのゆで玉子を取って、火鉢のはらに打ち当てた。

「おい、何回言ったら分るんだよ、そっち側じゃなくて、こっち側だよ、ほら」

「だからこっち側だろ、ちゃんとやってるじゃねえか」

「え、ああそうか、それでいいんだ。さいきん目がわるくなってな……」

かけ声をあげて立ち上り、一兵は頭のうえの電灯のスイッチをひねった。外はまだ陽の光がのこっているが、夕暮どきのうす暗さは老人には苦になるのだろう。

「今日はまた、どんな風の吹きまわしだい」

「まさか、またかくまってくれってんじゃないだろうな」

「そんならそれで、相談にのってやってもいいけどさ」

「ここはだめだろう、ひとりで満員だ」

「だれか、いるんですか、ここに」

「いや……」

一兵が顔を伏せ、加吉は咳ばらいをしてみせた。ふたりの老人は、あたりの気配をはかる様子をみせながら、工藤を信用しようかどうしようかと迷っているふうだった。

「ところで、おまえ、どうして急にここをおもい出してやってきたんだい」

「仕事がこっちにあったもんで」

「何やってるんだよ、仕事って」

「英語の百科事典のセールスマン……」

「へえ、そんなもん買うやついるのかい」

「けっこうね、売れてるみたい」

「おまえ、そんなに英語が達者なのかい」

「いや、まるっきり駄目」

「それでも英語の事典なんて売れるの」

「まあ、なんとか……」

「変なの……」

加吉が工藤に話しかけているあいだも、一兵は外をうかがう仕種を見せ、工藤と目が合うとあわててそらした。

加吉も一兵も、かれこれ七十に手がとどくという年輩のはずである。だが、あのころから禿げていた地玉子屋の一兵は、まったく変ったところが見つからない。ゴマシオだった洋服屋の加吉の髪の毛は白く染っていたが、それがかえって端整な顔立ちの加吉を若やいで見せているようでさえあった。

「まだ、洋服の仕立て、やるんですか」

「こいつはごあいさつだな、おれにはもう洋服はつくれないってわけか」

「そんなことないけど、注文あるんですか」

「おいおい、すると何かい、おれに洋服の注文をするやつなんぞいやしめえってことかい」

「べつにそういう意味じゃあ……」

「いや、本当にその通りだよ、近ごろはズボンの寸法直しばっかりさ」

加吉はいたずらっぽい目で工藤を見た。よく見ると加吉の頬骨のあたりには、十年前にはなかったシミが目立っている。ランニング・シャツからのぞく胸の肉も、あのころにくらべればそげ落ちている。それにひきかえ、もともと年寄りじみた顔だった一兵は、むしろあのころより元気そうにさえ見えた。

「二階の部屋、ちょっと見ていいですか」

「どうして……」

加吉の唇にちょっと力が入り、まじめな目になった。

「だって、ひと月もかくまってもらった部屋ですからね」

「そりゃまあそうだけど、今になって見たって、べつに面白くもおかしくもありゃあしめえに……」

「いや、加吉ちゃん、やっぱりなつかしいんだよ、なあ……」

一兵は合槌をもとめようとするのだが、工藤の名前を思い出せないらしい。あのとき、工藤は山口勇と名のったはずだが……。

「おれ、ちょっと片づけてやらあ」

一兵は、よいしょと声を出して立ちあがり、ゆっくりと階段をあがっていった。

「なにも片づけなくたって……」

あとを追おうとする工藤に、

「まあ、一杯」

加吉がビールを注いだ。ふたりの老人のこんな呼吸を見ていると、工藤の軀のなかにはやはりなつかしさが生じてくる。

「じゃ、上へ行くか」

頃合いをみはからって加吉が立ち上った。片手を作業台につき、首に筋を浮かせて力を入れながらも、加吉の動作にはどこかに芝居もどきのところがあった。掌をさし出して工藤に先に階段をのぼるよう指示し、上体をやや屈めながら上目遣いで見る段取りが、踊りの所作のように見えた。

「どうだい、変らないだろう」

「やっぱり、ここからの眺めはいいですねえ」

窓を開けると、高速道路で渋滞する車のヘッドライトとテイルランプが、二色の数珠のようにつながっているのが見えた。もう、とっくに日が暮れていたのである。

「ここにかくれてて助かったんだからなあ」

「ああいうこと、なくなったなあ」

「ああいうことって……」

「学生がやたらに大暴れすることさ」

「そうですね」

「もう、流行《はや》らないのかい、ああいうの」

「まあ、流行らないっていえば、流行らないですね」

「それでおまえ、あれから無事に逃げられたのかい」

「ええ、まあ……」

「運がいいよ、なあ、一兵ちゃん」

「そう、運がいい、運がいい」

ふたりの老人は、笑ってうなずき合いながらも何かを気にしているふうで、工藤を見るときに表情をかたくした。

「それじゃまあ、むかしの隠れ家見物はこのくらいで……」

加吉は、また掌をさし出して芝居もどきに階段を示した。それにしたがって階段を降りる工藤の網膜に、一瞬まえに見た奇妙なものが貼りついていた。一兵があわてて強く閉めたらしい押し入れの戸のすきまから、女物のネグリジェのピンクの裾がのぞいていたのだった。

3

「うちのゴキブリには、やっぱりゴキブリホイホイがいちばんきくみたい」

秋子は、両手を腰にあて、あごを引いていたずらっぽい目をつくって工藤を見た。ゴキブリ・アパートという別名まであるこのアパートには、工藤と秋子が引っ越してくるまえから、すでにゴキブリの群れが棲みついていたらしい。新聞紙でたたき、スプレーで追いかけ、秋子は精力的にゴキブリ退治をやってきた。そして、ついにゴキブリ退治の本命を見つけたのである。

北国に育った秋子は、工藤と一緒に住むようになったころにはゴキブリというものを知らなかった。

「東京って、台所にコガネ虫がいるのね」

最初はそんなことを言ってものめずらしそうにゴキブリを見ていた秋子だったが、そのうちたちまちゴキブリを目の仇にするようになった。ゴキブリとの格闘が、秋子にとって東京という大都会の生活の代名詞であるかのようにさえ感じられた。それを、工藤はほほえましい気持で眺めていたのだったが……。

このところの秋子のゴキブリ対策ぐるいには、どこかはずんだ気分がただよっている。それは、主婦という立場に自分をおくことに決めたところからくるものかもしれない。工藤と秋子との関係は、籍を入れた結婚ではないにしても、一緒に住みはじめたころとはちがっている。同棲生活といっても、いつ別れるかもしれないという関係ではなく、事実上は夫婦のようなものである。それは、いつそうなったというのでもなく、歳月のつみかさねがそういう二人の形をかためてしまったといっていいだろう。

秋子は、あたらしくセットしたゴキブリホイホイを、台所の収納棚と洗濯機のあいだへ押し込み、手を洗って水をきった。すべての動作があかるく、はずんで見えた。

「そのゴキブリホイホイってやつ、ちょっと気持わるいな」

「ベタつくのは仕方ないじゃない、ベタつくからゴキブリがとれるんだもの」

「いや、ベタつくのはいいんだけど……」

「じゃ、匂いのことかしら。これも仕方ないわね、あの匂いでゴキブリをおびきよせるんだから」

「そうじゃなくてさ、あの形がさ……」

「あら、カラフルなおうちでしょ、かわいいじゃない」

「そうかねえ……」

ゴキブリホイホイは、ボール紙を折りまげて組み立てるようになっている。点線にしたがって折りまげてゆくと、赤い屋根に青い壁、それに黄色いドアの家ができあがる。窓からはかわいい服を着たゴキブリの子供たちが楽しそうに手をふっている。その家に入ったゴキブリは、内側に塗った粘液によって軀の自由をうばわれてしまう。とらわれたゴキブリの匂いは仲間をさらにさそい、次から次へとゴキブリが獲れるという仕掛けになっているらしい。カラフルな童話の家が、じつはゴキブリを殺す道具だというのが、工藤には不気味だった。

「ほら、こんなに……」

秋子は、夜に仕掛けたゴキブリホイホイを、翌朝かならず工藤に見せて自慢する。カラフルな家のなかには、粘液にとらえられた数匹のゴキブリが、軀の自由をうばわれたまま触角のようなものをうごかしているのだった。

「なにも見せてくれなくたっていいよ」

「でも、すごいでしょ。ゴキブリホイホイ」

秋子は、同じ形式のいくつかのメーカーをためしてみて、ゴキブリホイホイを本命と決めたらしい。

台所の壁にシミが生じたと思ったが、それは一匹のゴキブリだった。ゴキブリは壁を垂直によじのぼっていたが、重心を失って流しのなかへ落ちた。秋子は、手馴れた動作で流しの栓をし、水道の蛇口をひねって、洗剤を流しのなかへふりかけた。

「ゴキブリってね、洗剤によわいらしいのよ」

「ゴキブリホイホイに入らないゴキブリに対する必殺の武器は、洗剤だってことか」

「そう……」

ティッシュ・ペーパーを引きぬき、流しのなかでいきおいのわるくなったゴキブリをつまみあげると、秋子はそれをぐいとひねりつぶし、かるくねらいをつけて塵入れの紙袋へ投げ入れた。ゴキブリごとひねりつぶされたティッシュ・ペーパーは、おだやかな軌跡をえがいて、紙袋のなかへおさまった。紙袋のなかにも、すでにゴキブリごとひねりつぶされたティッシュ・ペーパーがいくつか投げこまれているのだろう。

「新しいビルができると、人間さまが住むまえにゴキブリが住んでるんですってね。そして、人間さまがそこから引っ越す前の日なんか、ゴキブリは一匹もいなくなってるってことが多いんですって、ゴキブリの方が新天地をもとめて先に引っ越すのよね」

「新天地ったって、行った先がここだったらたいへんだな」

「そうよ、ゴキブリホイホイと洗剤の二段がまえで、ばっちり殺してあげますからね」

洗いものをする秋子の背中が、口ずさむ歌につれてリズミカルに上下している。風呂場へ行こうとしてそのうしろを通りぬけるとき、工藤はかるく秋子の尻に触れた。秋子はふりむいてちょっとにらんでから、工藤の腕をつねった。

「痛い！」

反射的に大声をあげてしまった自分に、工藤はおどろいた。そして、得体のしれぬ不快感が躯のなかに生じてくるのを感じていた。腕をつねるのは、機嫌のいいときの秋子の癖だった。だが、その痛さが不快感をともなったことはこれまでになかった。工藤は、意外そうに首をかしげている秋子から目をそらした。

「石鹼あるかしら……」

台所から声をかける秋子に向けて大声で返事をしたあと、湯舟につかった工藤はしばらくぼんやりとしていた。

（あの女物のネグリジェは、何だったんだろう……）

立会川の加吉の家の二階の押し入れからはみ出ていたピンクの色が、工藤の目のうらからはがれない。

十年ぶりにあの場所へ行き、うしろめたさをふりきってたずねてみると、加吉と一兵はあいかわらずの無邪気さで、ゆで玉子をさかなにビールを飲んでいた。洋服の寸法直しと地玉子屋という商売の収入はたかが知れているだろうが、もともとあのふたりはオートレースで小遣い銭をかせいでいる。どちらかが儲かってビールを買ってくるというくらいの自由さは、今でもつづいているのだろう。

工藤は、十年前にひと月ほど加吉の家にかくまわれていた。世の中が騒然としていて、羽田の附近では機動隊と過激派と呼ばれる学生たちが衝突をくり返していた。デモのあったあとなどは、学生が羽田に近い立会川のあたりや大井競馬場、あるいはオートレース場に散らばって時をかせぐことがあった。それを目当てに私服の刑事がもぐり込み、公営の賭博場には映画のシーンのような緊迫感があったのだった……。

工藤はそのころホスト・クラブのホストをやっていた。学歴のない自分が、短い期間に店の一軒も持つためにはどうしたらいいか……そんなことを考えているとき、たまたま飲み屋で知り合った男がホスト・クラブを紹介してやるからつとめてみないかともちかけてきた。

「あんたみたいなタイプ、案外かせげるかもしれないよ」

その男のはなしを真にうけたわけではないが、客あしらいには自信があった。男に連れられてゆくと、経営者はすぐに工藤を雇い入れた。男が、そのホスト・クラブの経理を依頼されている税理士だということを工藤はあとになって知った。

店のホストたちは、それぞれに何らかの野心を抱いていた。その野心を実現するために短期間の荒かせぎをする、そんな気迫が女へのサービスを業とする男たちの不思議な熱気をつくっていた。店のはじまる前、控室で衣裳と小道具をつけてから、宙に目を浮かせてタバコの烟を吐き出すホストたちには、徐々に気取りのポーズがにじみ出てくる。目をつぶり歯をくいしばってこの仕事を通り過ぎようという奇妙な熱気が、ホストたちの横顔にただよった。この仕事を目的にしているのではないという気持が、すべてのホストたちを支えているプライドのように見えた。

そんな雰囲気を眺めているうち、工藤の頭に、若いという特徴を生かそうというプランが浮んだ。満身にプライドを匂わせるスキのない二枚目という先輩の群れをかいくぐって客をつかむためには、みんなのやっていることの逆がいいと思ったのだ。童顔でずんぐり型、気取らない若く明るいホストという、工藤のスタイルができあがった。

事務所の壁にグラフが貼ってあるのを見て訝る工藤に、

「これが成績表さ……」

先輩のホストが肩をたたいて説明した。店からは基本給が出るが、ホストの収入のほとんどは、指名料と客からのチップだという。

「これがホストの収入みたいなもんだよ。基本給なんか当てにしてるようじゃ駄目だ……」

先輩はそうつけ加えた。

工藤がグラフの上の下といったところで安定するまでに、ひと月はかからなかった。だが、ナンバー・ワンをはじめとするグラフの上位をしめるホストたちは、工藤にはおよそ縁遠い存在に思われた。工藤にグラフの説明をしてくれた先輩は、工藤よりはるか下の成績をうごかなかった。

外国製の三ツ揃いのスーツ、金のブレスレット、踵のたかい靴、そして柔らかいウェーブで仕立てたヘア・スタイル、グラフの上位者はみんな背が高かった。スタイル・ブックからぬけ出たようなそくさい出立《いでたち》に、有閑マダムや水商売、それにトルコ勤めの女などの客がついていた。

グラフの上位者であるホストたちは、あちこちのテーブルから指名されるため、店のラッシュ時にはひとつのテーブルではせいぜいタバコの火をつけるくらいだった。そんなふうにテーブルからテーブルをわたりあるく先輩を横目に、工藤はじっくりと客をつかんでいった。

工藤を指名する客のひとりに、横浜に住む社長夫人というふれこみの女がいた。四十をすこしすぎた年ごろと見えたが、暗い店内では三十代と映ることもあった。工藤の客のなかにこういう有閑マダムふうのタイプはほかにも五、六人いたが、その女には金を使って男と遊んでいるという快感はなさそうだった。とりとめのない話をし、ダンスを踊って、女は帰っていった。その女がやってくるのは決って金曜日、開店直後の午後九時半ごろだった。

ある日、女はかなり酔って店にあらわれ、めずらしく閉店の午前三時までいすわった。工藤がほかの客の相手をしているあいだ、女は俯向いて待っていた。女と一緒に店を出た工藤は、横浜まで送っていくといってタクシーを拾った。タクシーのなかで、女は工藤の唇をもとめ、つよく舌をからめて吸った。高速道路を降りたところにあるホテルへ、工藤は軀の重心がきかないほど酔っている女を支えて入った。

それからしばらくして、女は工藤に高級マンションの五階の一室を買ってくれたのだった。チップや貢ぎ物はおろかマンションも買ってもらったらしい……ナンバー・ワンのホストに対するそんなうわさが、現実として自分の身に起ってきたことに工藤はとまどった。金を貯めて店をもつという目的のためにがまんしている仕事……そういう工藤の考えの一角がくずれはじめたのはこのときからだった。

工藤がマンションへ住むようになると、女は店へは来なくなった。そして、金曜日の午後九時半ごろに、かならずマンションへやってきた。工藤は、金曜日を自分の公休日にして店を休むことになった。店での工藤の成績は、以前とおなじように上の下だった。若い女を適当に相手にしながら、工藤はホスト・クラブでの時間を楽しいものとして感じはじめたのだった。女がくれる金で舶来のスーツを買い、ナンバー・ワンのホストと同じように金のブレスレットを腕にまきつけ、踵のたかい靴をはいて歩いた。店をもとうという目標が、工藤の軀のなかで徐々に溶けていった。工藤は有頂天だった。

そんなとき、工藤は店のはじまる直前に事務所へ呼び出された。

「おい、おまえ、何か俺たちに見えないところで、やばいことでもやってるんじゃないだろうな」

「やばいこと……」

「女だよ、ヒモ付の女なんかに貢がせてるんじゃないだろうな」

「ヒモ付ったって、有閑マダムはいますけど」

「そんなんじゃないよ、ヤー様の奥方とか、そういうやつさ」

「それは、心あたりありませんね」

「そんならいいけど、気をつけろよ、そういうトラブルはこまるからな」

「ええ。でも、何かあったんですか……」

「まあな、ちょっと変な電話があったもんでな」

「おどかさないでくださいよ」

「おどかしてるんじゃない、こういうトラブルで簡単に人ひとり殺されちまうことはざらだからな」

「はあ……」

「とにかく、気をつけろよ」

あの女の亭主が暴力団の親分か大幹部であることは、言われてみれば分るような気がした。どこという根拠はつかめないのだが、工藤にはピンとくるものがあった。

次の金曜日、朝起きて何気なくカーテンを開けると、入口を入ろうとする女の姿が下に見えた。

（いつもの時間とちがうな……）

訝っている工藤の目に、女のあとを蹤《つ》けてマンションを入る数人の男たちが映った。事態はすぐに理解できたのだが、恐怖のために軀がうごかなかった。ベランダから非常時用の縄ばしごにつかまって降りたが、地上まで五、六メートルはあろうかと思われるところで縄を切られ、コンクリートにたたきつけられた。マンションの五階から、女の悲鳴に野太い声がまじって聞えた。

くじいた足を引きずりながら大通りまでやってきた工藤は、タクシーを拾い、心がおちつくまで当てもなくタクシーを走らせて降りた。そこは、鈴ケ森刑場趾の近く、立会川にかかった泪橋の上だった。

「学生さんだろ、追われてるんだろ……」

泪橋に坐り込んで、水鳥の往復運動を見つづけていた工藤に、加吉が声をかけた。

「ええ……」

反射的に口から出てしまった嘘のため、工藤は傷がなおるまでのひと月、加吉の家の二階に過激派学生としてかくまわれていたのだった。

(あそこから出たのは、寒い季節だったはずだ……)

第一次羽田闘争、第二次羽田闘争といった文字が目立ち、ゲバ棒をもった学生たちの写真が新聞をかざっていたころだった——。

「あしたね……」

さっきから秋子が何かを叫んでいたらしい。湯舟につかったままじっとしていた工藤は、湯を押しあげるように立ちあがった。

「あしたね、氏原さんが来てくれるのよ」

「氏原さん……」

「ほら、こないだ言ったでしょ、あたしのお友だちの知り合いで銀行の住宅ローンの係やってる人がいるって」

「銀行、何のことだっけ……」

「何いってるのよ、お家の件よ、お家」

「お家……」

「そう、もうそろそろ生活の拡大をしてもいいって、こないだ言ってたじゃない」

「そうだったかな……」

「また忘れる」

秋子の指が近づくのを、工藤ははげしい動作で避けた。さっき、秋子につねられたときに生じたつよい不快感が、まだ軀にのこっていた。それにしても、雑談程度に口走ったマイホームづくりのはなしだったが、秋子の頭のなかではすでに計画として進行しているらしい。

(おれも変ったけど、秋子も変ったな……)

のどにためたビールを一気に飲みこみ、工藤は台所の秋子のうしろ姿をながめた。秋子の足もとを一匹のゴキブリが歩いていく。ゴキブリは、ヒゲのような触角をこまかくふるわせながら、赤い屋根に青い壁、それに黄色いドアのカラフルな家へゆっくりと向っていった。ゴキブリの姿がゴキブリホイホイのなかへ吸い込まれると、ガサッという音が二、三度して静かになった。その音を聞くと、秋子はたのもしそうに足もとのゴキブリホイホイを見おろし、右手の庖丁を宙にかざして工藤をふり返り、上機嫌にわらって見せた。

4

「おいおい、スイカなんかぶら下げて、十年遅れのお礼かい」

ミシンの脇に坐って、ガラス越しに旧道を行きかう人々を眺めていた加吉が、工藤の姿をみとめると目を細くして眼鏡を額へ押しあげた。そんな呼吸も、加吉らしくちゃんと芝居もどきになっている。

「ま、そういうとこです」

「ちょいと待ちなよ、一兵ちゃんを呼ぶから」

立ちあがりかけた加吉が、思いかえしたように坐り直し、二階へ声をかけた。

「チヅちゃん、ちょいと降りてきてくれるかい」

呼びかけてから、加吉は一瞬表情をかたくして外をうかがった。二階をあるく足音が移動して階段をおりてきた。ブルー・ジーンズに男物のような白いYシャツ姿の、二十五、六という年輩の大柄な女だった。

「あいさつはあとだ、ちょいと一兵ちゃん呼んできとくれ」

「はい」

腰をかがめて工藤のよこをすりぬけ、爪先立つような歩き方で横の地玉子屋へ行き、一兵に声をかけているのが聞えた。加吉は作業台の上にひろげてあった布や型紙を片づけ、レバーをはずしてミシンも作業台のなかへおさめてしまった。

「さて……」

浮き浮きした様子で両掌をもみ合わせ、加吉は奥から俎板《まないた》と庖丁をもってきて作業台の上に置いた。そしてまた奥へ引っ込んだかと思うと、すぐに皿を二枚もって出てきた。

「おい、いつまで突っ立ってんだよ、まずあがんなさいよ」

「じゃあ」

「遠慮は他人行儀だよ、一度はかくまいかくまわれた仲じゃねえか」

一兵は店の地玉子を籠に入れてチヅちゃんと呼ばれた女に持たせ、赤ら顔をうれしそうにゆがめてやってきた。チヅちゃんと呼ばれた女は、両手の指を前で組み合わせ、所在なげに立っている。

「あ、チヅちゃんはそっち、ほら、あいつの横だ。若いもんは若いもん同士ってことがあるからな、一兵ちゃん」

「そうそう、そうだよ」

「それから、あの……何て言うんだっけ」

「何が……」

「だから、この若い衆の、その名前さ」

「おめえ、忘れちまったのかい」

「そう言うおめえだって」

「ちげえねえ」

ふたりの老人は、工藤のとなりへチヅちゃんと呼ばれた女を坐らせ、顔を見合わせながらひとしきり笑っていた。

「うじはらって言います。氏原健二」

「宮下千鶴《ちづ》です」

千鶴は上目使いに工藤をのぞくようにして名のった。

「氏原くんか、そうだったかな……」

「氏原くんだったじゃないか、そうだよ加吉ちゃん」

「そうだな」

加吉はうなずきながら立ち上り、ガラス戸を開けたままカーテンを閉めようとしたが、一兵をふり返って目で合図をおくった。

ガラス戸を透して、夕暮どきの旧道を大きな犬を連れて通る頑丈そうな老人の姿が見えた。

「丘の御老人ですね」

工藤は、十年前の記憶を思い浮べた。加吉の家の二階の旧道と反対側の窓をあけると、前方が小高い丘のようになっていた。そこにこんもりとした森があり、屋根の瓦だけが見えた。その家は、戦前からずっと丘の上に建っている豪邸で、そこの主人がかならず夕暮どきに犬を連れて散歩する。旧道側の窓をあけると、旧道を堂々と散歩する老人の姿を見おろすことができた。トラックが行き交い、子供や老人が道をよこぎる旧道の夕暮どき、大きな犬を連れて散歩をする頑丈そうな老人を、この加吉と一兵は丘の御老人と呼んでいた。

「戦前も戦争中も戦後も、ああやってうまい汁を吸って肥えてる奴がいるもんだ」

加吉が吐き捨てるように言うのを、あのころ一度聞いたことがあった。そんな加吉の言葉に、一兵もその妻の澄も大きくうなずいていた。

「丘の御老人のお通りさ」

カーテンを閉めながらそう言う加吉の唇がゆがんでいた。それを見て怪訝そうな目を向けた千鶴に向い、

「いやなに、ご近所のお金持ちさ」

一兵が気を取りなおすように言った。工藤は、加吉が冷蔵庫から取り出したビールを、作業台にならんだ四つの寿司屋の大茶碗に注いだ。一兵は台所へ入り込み、鍋に水をはって地玉子

を浮べ、ガスの火を小さくしてもどってきた。

「それじゃあ、とにかく乾杯か」

「何の乾杯だい、加吉ちゃん」

「再会を祝して、というところだろうよ」

「それじゃあ、チヅちゃんが浮いちゃうよ」

「そうだな、チヅちゃんが浮いちゃうな」

「浮いちゃうよ、なあチヅちゃん」

「それじゃあこうしよう、かくまいかくまわれる四人の仲に、乾杯」

そこでやっと四つの茶碗が打ち当てられ、乾杯にしてはにぶい瀬戸物の音が鳴った。茶碗のビールをひとくち飲んで、千鶴が不思議そうな目を工藤に向けた。

「それじゃあ、氏原さんも私とおなじようにかくまわれていたんですか」

「うん、十年くらい前にね」

「そうだよ、ほら、学生がわいわいさわいでたころがあったろう」

「よしゃいいのに棒なんか持ってくから、逆にやられちゃってさ」

「だけど、おれたちは警察や機動隊なんかきらいだからな」

「学生がケガなんかして、かわいそうで見てられなかったよ」

「あんときゃ、佐藤栄作の訪米阻止とかいうデモだったな、一兵ちゃん」

「そうだったそうだった」

「なにしろこの辺は、オートレース場や競馬場があってやたらと人が多いからな」

「だから逃げ込みやすいんだよな」

「ということはだ、警察の方もこの辺に目をつけてるってわけだ」

「おまえ、あの……」

「氏原くんだろ、忘れっぽいね」

「氏原くんも、どうせブラック・リストとやらにのってたんだろ」

「そりゃ決ってるよ、あんなにケガしてたんだから、なあ氏原くん」

ふたりの老人は、千鶴に話して聞かせながら、自分たちの記憶をたぐっているようでもあった。千鶴は、ふたりの老人のやりとりと工藤の顔を交互に見つめていた。

「あのころの学生は、みんな過激派だったんだろ」

「学生だけじゃねえだろ、それをかくまうおれたちだって、お上《かみ》からはにらまれるわけだから、これもやっぱり過激派だぁな」

「そりゃそうだ。むかしからお上の敵ばかりを見てる土地柄だしな」

「鈴ケ森な、丸橋忠弥もあそこでお仕置されたんだろ。丸橋忠弥ってのは槍の名人だけど、由比正雪の子分みたいなもんだろ、まあ、江戸時代の過激派だもんな」

「そうそう、お上にたてつく奴ってのはいるからね、昔から」

「そういう加吉ちゃんだって、お上にたてつく方の筋だぜ」

「何言ってやがる、一兵ちゃんこそお尋ね者の流れをくんでるみたいなとこあるじゃねえか」

「違えねえ。あ、あの音……」

「え……」

 一兵は台所のゆで玉子が、鍋のなかで音をたてているのを耳ざとく聞いたのだった。よいしょ、声をあげて立ち上り台所へ行くと、湯気の立ったゆで玉子をザルに入れて一兵はもどってきた。

「この玉子はな、八王子の友だちんところから仕入れるから、あの無精卵ってやつじゃないぜ、ちゃんとした地玉子。これに粗塩をつけて食えば、栄養はあるし、ぜいたくなビールのつまみだ」

「それは知ってるよ、耳にタコができるほど聞いてらあ、なあふたりとも」

「そうか、じゃ、カラを割る側を教えようか」

「おい、そいつはかんべんしてくれ。そればっかしは、いくら一兵ちゃんに教わっても駄目なんだ」

「ほんとに加吉ちゃんは、ゆで玉子の割り方は駄目だな」

「そのかわり、ゆで玉子を冷蔵庫で冷やすのはやめたろ」

「当り前だよ、ゆで玉子は自然に冷えたところがうまいんだよ、冷蔵庫なんてもってのほかだ」

「な、玉子のはなしになると恐い顔するだろ、この一兵じいさんは」

「加吉ちゃんにじいさん呼ばわりされる筋合いはないぜ」

老人たちは、また笑い合った。工藤と千鶴もそれに合わせて笑った。そして、変な間ができた。加吉と一兵は、千鶴のことが話題になるのを避けているのでもなさそうだった。だが、この場で話題として提出されないのは千鶴だけだった。あるいは、ふたりの老人は、この場の空気を和ませておいて、千鶴の口から話させようとしているのかもしれなかった。いずれにしても、千鶴が加吉の家の二階にかくまわれていることは、伏せ札《ふだ》とはなっていないのだ。工藤は、日本酒のように茶碗のビールを舐めている千鶴に目を注いだ。

千鶴は、色白ではないがキメのこまかい肌をしていた。男物のYシャツの二つはずした胸ボタンの内側に、胸のふくらみがすこしのぞいていた。口紅はつけていないようだが、癖のようにかすかにあけた唇を舌がかすめると、唇の色が濡れてあかく光った。眉は刈りそろえて細くなっているが、もともとは太かったのだろう、眉のうえあたりの皮膚がすこしもりあがってみえた。肩幅はかなり広く、ややいかり肩で手足の長さが目立った。

工藤の視線を感じたらしく、千鶴は躯をかたくしている。

「チヅさんも、ここにかくまわれてるっていうことですか」

「ええ……」

「チヅさんも、その……氏原くんとはちがうけど、やっぱり警察に追われてるんだ」

「けいさつ……」

「ああ。イエスの方舟ってのあっただろ」

「こないだ新聞によく出てたやつですね」

「チヅさんも、あんなふうなものに巻き込まれてな」

「あんなふうなものって、イエスの方舟とはちがうんですね」

「世間にゃいろいろとあるんだよ、同じようなものがね……」

千鶴は、家出をして新興宗教に入ったのだという。母親は早く死に、千鶴は父親に育てられた。病弱だった父親は異常なほどの頑固者で、千鶴に対しては一方的に自分の考えを強制し、千鶴の主張はいっさい通さなかった。ついには暴力をもふるう父親を見かぎり、逃げるように家出をした千鶴は、ある宗教団体の教主にすくいを求めた。そこには、千鶴と同じように対話を絶たれた家庭環境にある娘たちが集まっていて、教主は不思議なやさしさで彼女たちの話し相手になった。

そんな教主に対して、娘たちの親は「人さらい」の名をかぶせ、みんなで教主の家へ押しかけた。教主の家の窓ガラスは石で割られ、入口の戸は鉈《なた》で打ち破られた。そのさわぎが警察に通報され、親たちはなだめられ、娘たちは親のもとへ返されてしまった。教主は事情聴取のため警察に連行された。千鶴の父親は娘がそこにいることを知らなかったので教主の家へやって来ることはなかった。だが、引き取り手のない娘たちも参考人として警察へ連れていかれることになっている。そうすれば親に知れてしまうし、知れれば連れもどされてしまう。すきを見て教主の家をぬけ出し、オートレース場あたりをうろついているときに加吉が声をかけた……

これが、千鶴にかわって加吉が説明したあらましだった。

「ちょうど、その……氏原くんが立会川でぼんやりしてたときのあの感じ、おれにはピンときたね、追われてるってことが」

「わたし、何も食べていなかったし、ほんとに疲れはててましたから……」

千鶴がはじめて口をはさんだ。

「だけど、イエスの方舟に似てますね」

「でも、あんなふうに遠くまで旅をしなかったし、マスコミにものりませんでしたから……」

「やっぱり、おっちゃんって呼んでたの、教主のこと」

「いえ、名前で呼んでましたけど……」

「あれ、スイカはどこへいったんだ」

一兵が急に大声をあげた。そういえば、作業台の上へ俎板を乗せ、庖丁まで用意しているのに、かんじんのスイカは網に入れて作業台の脇へ置いたままだった。

「おい、若い衆、たのむぜ。せっかくの十年ぶりのお礼があったまっちゃあ台なしだ」

加吉の声にはじかれたように、工藤はスイカを俎板にのせ、庖丁を入れた。

「そうそう、その切り方がいい、豪快に大きく切るのがスイカの醍醐味だ、ねえ加吉ちゃん」

「そうそう、大きい方が気持がいいやね」

工藤がスイカを切るのに合わせて、ふたりの老人は合の手を入れる。ぜんぶ切りおわったところで工藤は庖丁を置いた。すると加吉が両手をひろげて口上のような顔つきをつくり、

「さあ、すみからすみまでずいーと、食べておくんねい」

気持よさそうに見得を切った。まず一兵が一切れ取り、つづいて、工藤、千鶴とスイカを手にすると、

「どちらさんも、よござんすね」

加吉が賭博場の思い入れでセリフを言ってから一切れ取り、乾杯のようにスイカを宙にかざした。そしてしばらくのあいだ、四人はだまってスイカを食べつづけた。口にふくんだスイカ

の種が、二枚の皿の上へ次々と吹き出された。うすい紅色の汁のまじった種が皿の上へいくつもたまり、皿の模様があたらしくつくられてゆくようだった。

5

古カバンから「天下一印」とマークのついた細ながい紙箱を取り出すと、氏原は額の汗をぬぐって愛想わらいをつくった。紙箱から使いなれたらしい飴色のソロバンを引き出してテーブルの端におき、しきりに台所で背を向けている秋子の方を気にしている。秋子から工藤にはなしが通っているのかどうかを計りかねているのだろう。工藤は、灰皿を氏原のほうへ押しやった。

氏原は、それを見て仕方なく取り出したという恰好でタバコをつまみ、左手の親指の爪へポンポンと当てた。

「家を買われるご計画とか、奥さまからうかがいましたが……」

「ま、買うというのは大袈裟だとも思うんですが」

「それで、銀行ローンをお考えだそうで……」

「そう、まあ……」

「どのくらいの物件をお求めなんでしょう」

「こういうことは苦手で見当がつかないんですが、銀行ローンというのはいくらくらいでるものなのか……」

「ですから、それはお買いになる物件によるわけですねえ」

「はあ……」

「まず物件をお決めいただいて、その物件についていくらということになるんですが」

「はあ……」

「失礼でございますが、年間収入はどの位おありでしょう」

「さあ、ちょっと急に言われても……」

「年末に会社から出る源泉徴収票がありますねえ、あれを見ていただければ」

「なるほど……」

「ともかく、物件をお決めいただくのが先決ですね」

「しかし、銀行がいくら出すのかという見当がつかないと、買う家の値段も決められませんし……」

「さきほど申しました年間収入の、まあ、だいたい二・五倍から三倍というのが相場ですね。

それで、物件の担保価値の六十パーセントという、まあ、そんな見当になります」

「はあ、で、返済の期間はどのくらい……」

「まあ、五年、十年、十五年、二十年、二十五年といろいろあるわけでございますが、十五年くらいが適当ではございませんでしょうか」

「十五年……申し込むとすぐに出るんですか」

「出るか出ないかというのは書類審査をさせていただくんでございますが、いちおう、一週間程度で決定は出ますね。そうして、決定してから、そうでございますね、二週間もみていただければ、実行というはこびに」

「実行……」

「つまり、お金が融資されるということでございますね」

「なるほど」

そんな漠然たる会話をつづけたあげく、氏原はいんぎんな挨拶をして帰って行った。飴色のソロバンは、けっきょくテーブルのはしに置かれただけで、帰りぎわに「天下一印」の紙箱におさめられたのだった——。

「氏原さんもあきれたろうよ、何の用意もしていない相手に呼びつけられて……」

「だって、最初は聞いてみることからはじめるより仕方ないでしょう」

「そりゃまあそうだけど……」

「あなたにも、こういうこと馴れてもらわなきゃ」

「なぜそんなにあせってるんだ……」

工藤はそう答を返しながら、秋子が自分を「あなた」と呼んだことが耳の奥に棘のようにささるのを感じた。そう呼ばれることがいやだったというのではなく、自分に対する呼び方を急に変えたことが気になったのである。

加吉のところにかくまわれて十日ほどたったころ、工藤は加吉と一兵にさそわれて平和島のオートレースへ行った。すこし足をひきずってはいたけれど、傷は痛まなくなっていた。オートレースの水しぶきは、工藤の軀に澱んでいたものをすこしずつ溶かしてゆくようだった。それから、工藤は二人が出かけないときも、散歩がてらオートレース場へ足を向けるようになった。ある日、レースに目を注いでいる工藤の頰は、どこかからじっとみつめられている気配でけいれんした。じっと神経を尖らせてみたが、相手の姿はつかめなかった。だが、その気配は徐々にたしかなものになり、工藤は客席を横ばいしながら身をかくし、レース場の外へ出ると人混みにまぎれた。あれは、たしかに例の女の亭主がマンションへ送りこんだ連中にちがいない……そういう確信が恐怖心をつのらせ、工藤はそのまま加吉の家へはもどらなかった。

（あれが十年前か……）

秋子と出会ったのは、それから五年ほど経ってからだった。スナックで出会った男と女がそのまま一夜をともにし、いつとはなしに同棲するようになる……そんなありふれたコースを工藤と秋子もたどったのだった。工藤は三十、秋子は二十四のときだった。しばらくスナックでアルバイトをしていた秋子は、そこからの収入を定職をもたない工藤との生活の足しにした。秋子は、給料日になるとやたらに高いウィスキーを買ってきて、豪華な酒宴をふたりでもよおした。家出同然で北国の故郷を出てきたということ以外、工藤は秋子のことを何も知らなかった。それは、金を使って遊ぶ女を相手にしていたホスト時代の生活とは、くらべようもないほど貧しい生活だった。だが、秋子との時間はそんなことに対するこだわりを徐々に消していった。理由はつかめないのに、ただおたがいが必要だった。これまでどんなふうに生きてきたのか、これからどうやって生きていくのか、そんなことを語り合うこともしなかった。ただ、肌を合わせて相手の熱を感じとっているのがふたりの生活だった。過去を消したもの同士が、東京という大都会の片隅で突っかい棒のように支えあっている、一日ずつがそんなふうに過ぎていったはずだが……。

「ほら、こんなにとれてる、やっぱりゴキブリホイホイはすごいわ、お隣の奥さんに報告しなくちゃ」

秋子は台所でゴキブリホイホイを宙にかざし片方の手を腰に当てると、望遠鏡のようにのぞきこんで大声をあげた。

6

ジュラルミンの機体が低くゆっくりと空を移動し、徐々に高度を下げていった。すると、反対側からも、ゆるい速度でせり上ってゆく機体がある。夏の午後の日射しのなかで、重そうな飛行機が緩慢にすれちがうように見えた。

ニア・ミスなどという言葉が流行り、過密な空として糾弾された東京国際空港も成田にうつされて、羽田は国内線を中心とした空港となっている。だが、頭上を低く行き交う飛行機の爆音は、工藤を十年前にひきもどしそうになる。

暴力団に追われたあのころが懐しいというのではなく、今という時間の手ごたえのうすさがそうさせるのかもしれなかった。秋子にとって次第にたしかなものとなってきた時間が、工藤にとっては逆に縁遠いものに感じられてきたのかもしれない。

水鳥は、きょうも同じような運動をつづけている。すぐそばで羽搏いた水鳥が、勢いをつけて流れるようなスピードで遠ざかってゆく。すると向うから、別の水鳥が近づいてくる。羽を固めグライダーのようになめらかに宙をすべってきて、工藤の目の前で両の羽を大きく羽搏く。そのとき、水鳥のはらが無防備にさらされる。水鳥は、宙に止って五、六度万歳のような恰好で羽を上下させる。それは、やってきたいきおいを殺しているようにも見えた。そしてくるりと宙返り、また勢いをつけて遠ざかってゆく。数羽の水鳥が同じように行ったり来たりするさまを、工藤はながいあいだながめていた。

日曜日に家を出たのは久しぶりだった。不動産のチラシをあれこれならべ、ノートに図のようなものを書いて説明する秋子から、すこしはなれたいという気分もあった。

(秋子は、おれの経済能力をどう思っているのだろう……)

あまりにものどかにマイホーム計画を立て、銀行から氏原を呼んでみたりしている秋子の根拠は何なのだろう。このところ、工藤は仕事に行くといって家を出ては立会川へやってくる。そして、加吉と一兵と千鶴の輪のなかへ入ってしばらくの時をすごし、夕方をすぎるとアパートへ帰ってゆくのだ。もう、こんな日が何日もつづいている。おそらく、今月は歩合はゼロで固定給だけの収入になるだろう。

それに、工藤はNWA百科事典の会社員ではなく、その下請けをしている販売会社の契約者なのだ。歩合給のほかに固定給があるといっても、今月のような状態がつづけば、販売会社もクビになるのは目に見えている。生活の基盤が心もとなくなっているというのに、秋子の頭のなかでは何かがはっきりと進行しているらしい。

「やっぱり、氏原さんね……」

水鳥を眺めている自分のうしろに、さっきから人影が立っているらしいのを工藤は知ってい
た。背中に当っている夏の陽をさえぎる人影が、工藤にはなぜか千鶴だと分っていた。

「あ、あんたか……」

「日曜日なのに、どうしたの」

「いや、ただ何となくね」

「あたしも、ただ何となく出てきちゃった」

「加吉さんは……」

「日曜日だし、映画にでも行ってくればって」

「一兵さんはどうしてる」

「奥さんのお墓まいりとか……」

「墓まいり……」

一兵の奥さんの澄が死んでもうこの世にいない……加吉と一兵が寿司屋の茶碗でビールを飲
むのは、澄にかくれて飲んでいたころの習慣が癖になっているのだろうか。いや、ああやって、
一兵の飲酒を見て見ぬふりをしていた澄に対する追悼をしているのかもしれない……工藤は、

澄の顔を思い浮べようとしたが、いつも店の奥の暗いところで地玉子を数えている澄の丸い背しか思い出せなかった。

「じゃあ、一兵さんもひとり暮しなのか……」

「ずっとそうじゃなかったの」

「いや、おれがかくまわれていたころは、澄さんは元気だった」

「それじゃ、最近のことなのね、亡くなったのは」

「そうかもしれないな」

「でも、あたしたちって不思議ね」

「あたしたちって……」

「あたしと氏原さんよ」

「まあ、かくまわれ者同士ってことだからな」

「ちょっとないわよね、こういう関係」

「あんまり、ないだろうな」

「あのおじいさんたち、どうしてあたしたちをかくまってくれるのかしら……」

「お仕置場の風がそうさせるのさ、なんて加吉さんが言ってたことあったけど」

「お仕置場の風……」

「お上に追われて獄門首にされる科人たちへの哀れみみたいなものが、この辺の風となってずっとのこってる……加吉さんはそういうふうに信じてるみたいだぜ」

「へえ、あたしには分らないな」

「だから、追われてるっていえばかくまっちゃうってことさ」

「じゃ、あたしたち以外にも、あのおじいさんたちにかくまわれた人がいるっていうことかしら……」

「いや、それはなかったみたいだな」

「なぜかしら……」

「追われてたのは、おれたちふたりだけだからだろう」

「あたしたちふたりだけ……」

工藤と千鶴は話しながら泪橋をはなれ、鈴ケ森刑場趾のある大経寺までやってきた。日曜日には営業用のトラックが少ないせいか、第一京浜国道は静かだった。そう思って見あげると、川崎の工場地帯の煤煙がながれてこない空も澄みわたっていた。刈りのこされたような大経寺の木々からは、夏の盛りをつげるクマゼミの声がひびいていた。

ふだん、飛行機の爆音や第一京浜国道の騒音、高速道路の渋滞、そして京浜急行の上り下りなどにいろどられるこの界隈のけしきが、膜をはがしてさらされているようだった。

「これは何かしら……」

千鶴は、くさむらにかくれてやっと見える磔台を指さしていた。

「それは、丸橋忠弥がはりつけになった台らしいよ」

「はりつけ台って、こうするのかしら」

千鶴は台の上へ乗り、横に両手をひろげてはりつけの形をまねた。工藤は、その正面に立って槍をかまえる恰好をした。両手をひろげた千鶴の半袖シャツの奥に、千鶴の腋窩がのぞいている。工藤はそこへ槍を当ててから、心臓のあたりを一突きにする仕種をした。千鶴がスカートをはいていることに、工藤ははじめて気がついた。声をあげて槍の先をよけ、千鶴は別の石の上へ立った。

「これは何」

「八百屋お七が火あぶりになった火焙台」

「八百屋お七って、ほんとにいた人なの」

「そうらしいよ、まあ、話はつくってるだろうけど」

「ここで火あぶりになったの」

「そうらしい」

「かわいそう」

「だけど、火あぶりってのは窒息して即死するそうだよ、加吉さんのはなしだと」

「へえ」

「もっと残酷な刑があるそうだ」

「どんなの」

「たとえば、水磔」

「水はりつけ……」

鈴ケ森の海岸は、むかし入江がふかく陸地に入りこんでいたという。海岸ちかくで罪人を逆さ吊りにし、潮が満ちてくれば顔が水につかり、干潮になると顔がやっと水から出るくらいの高さにしておく刑があったらしい。

「どっちにしても、すごい苦しみを味わったあげく死んでいくというんだ」

「くわしいのね……」

「みんな、加吉さんの受け売りさ」

千鶴は、この大経寺にははじめて来たらしく、「南無妙法蓮華経」の鬚文字の題目碑や、鈴ケ森刑場のいわれを書いた木札などをものめずらしげに眺めている。

工藤は、千鶴とのこんな時間のすごし方に、不思議なやすらぎをおぼえた。碧い空をバックに、京浜急行が高架線を赤い帯のようにはしりぬけていった。

「すごい蚊……」

千鶴がスカートの裾をはらいながら声をあげた。礫台や題目碑のあたりには雑草が生いしげり、首洗いの井戸から胴に縞の模様のある藪蚊が発生しているのだろう。千鶴はとんとんと片足で歩いて近づき、工藤の肩に手をおいて軀をささえた。化粧品の匂いに汗がまじり、工藤は千鶴の体臭をまぢかに感じた。スカートの裾をつまみあげると膝のうらが、蚊にくわれたしるしに赤く浮きあがっていた。千鶴は指に唾をつけてそこに塗りつけ、スカートの裾をおろして工藤の肩から手をはずした。

工藤は、千鶴の仕種をじっと見つめながら、軀の奥底で何かがはじけるのを感じた。忘れかけていたものが小さな点となって生じ、立会川の水鳥のように羽をひろげて近づいてくるようだった。

7

「ねえ、会社からお金借りるわけにいかないかしら……」

秋子の声が風呂場のガラス戸ごしに疳《かん》だかくひびいた。

「会社から、金を……」

おうむ返しにつぶやく工藤の目の前に、秋子が新しい石鹸をさし出した。

「ねえ、ほんとに、どうかしら」

「無理だろ、そんなこと……」

「でも、ふつうは貸してくれるらしいわよ、退職金の前借りとかいう名目で」

「うちの会社は、退職金なんか出ないよ」

「あら、そうなの……」

秋子は不満そうな表情をのこして、湯気のなかへ突き出していた顔をひっこめた。秋子が閉めたガラス戸に湯気のしずくがたまり、さまざまな曲線をえがいて落ちていった。その軌跡だけがつやをもって光り、ナメクジの通ったあとのようになった。

工藤は、湯舟のなかからそれを眺めながら、千鶴の裸の脇腹でそこだけ光る盲腸の手術のあとを思い出していた。

鈴ケ森刑場趾から第一京浜国道をわたって、右へすこし歩くと京浜急行の平和島の駅に出た。駅を右へ折れてしばらくゆくと、大井三業地の看板があり、工藤と千鶴はそこをくぐった。左右に連れ込みホテルがならび、工藤がだまって腕を引くと、千鶴は抗うことなくしたがった。

暗いあかりのなかで見る裸の千鶴は、肩幅のわりに華奢な軀をしていた。部屋へ入ったときから千鶴はすでに軀を緊張させ、唇のはしがすこし痙攣しうすくひらいた唇のあいだにのぞく舌がしきりにうごいていた。工藤が腋窩に舌を当てると、千鶴は両腕を大きくあげて軀をそらせた。工藤と千鶴の軀が溶け合ったままよじれ、またふたつに別れた。

「あんた、親父さんのところから逃げ出したって言ってたな」

千鶴のひろい肩に力が入ったが、ベッドのなかでくるりと反転してうなずいた目にはゆとりのようなものがあった。

「新興宗教ってはなし、あれは嘘なんだろ」

「ええ」

千鶴は天井を見あげながら、意外なほどのすなおさで答えた。工藤は自分のくわえたタバコを一服すって天井に烟を吹きあげ、千鶴の唇に押しこんだ。千鶴はだまってタバコをすい、フィルターをぬらして工藤の唇へもどした。

「どうして、新興宗教なんて嘘ついたんだ」

「新聞でさわいでたでしょ、イエスの方舟のこと。だから……」

「だから思いついたのか」

「ええ……」

「じゃ、本当は何なんだ」

「蒸発よ」

「蒸発……」

「ええ、父親のところから蒸発したのよ」

「どうして蒸発なんかしたんだ」

「…………」

「親父さんと何かあったのか」

「…………」

工藤は軀をよじって唇を近づけ、千鶴の耳に息を吐きかけた。千鶴は大きく息を吸い込んで、ゆっくり吐いた。工藤は、千鶴の耳朶をかるくかみながら、乳房をつよくつかんだ。千鶴の乳首がもう一度突起し、千鶴は掌でつかんだものを自分の体のなかへ導いた。

(それで、トルコ風呂へつとめたのか……)

そんな呟きを工藤は呑み込んでいた。自分に対している千鶴の一部始終が、工藤にとっては懐しい女たちと同じものだった。

ホスト・クラブの客には、トルコ風呂にはたらく女たちが多かった。

「金で男にサービスさせられてるから、金をつかって男にサービスさせにくるのさ」

先輩たちはそんなことを言っていた。たしかに、ホスト・クラブにいるときの彼女たちには、それが当てはまった。だが、店を出てベッドをともにするときは、金で男にサービスさせようとする感覚はどこかへ消えてしまうのだった。男にサービスする性《さが》をもち合わせた女でなければ、トルコ風呂などつとまらないのではないかという気がした。彼女たちの男への対し方は、仕事がつくったものではないはずだと工藤は思っていた。

「運転が好きでなきゃ、タクシーの運ちゃんはつとまらないでしょう、あれと同じで……」

開店前の控室でそう言った工藤に対して、先輩は何の反応も示さなかった。そんな一連の記憶をよびさます匂いが、鈴ケ森で蚊にくわれたあとの千鶴の仕種にあらわれていたのだった。

目をあけると、まぢかに千鶴の下腹部があった。たて型のヘソの下にうすく柔らかい靄があった。靄のさかい目に暗いあかりのなかで光るものがあり、それは盲腸の手術による傷あとだった。工藤は、ゆっくりと上体をうごかし、その光る皮膚を吸った。いつのまにか工藤の脚の側にいっていた千鶴の顔が、ふっと持ちあがるようになった。

「氏原さん、氏原って嘘の名前でしょ」

「どうして……」

「何となく、そんな気がしただけ……」

腕をからめながらホテルの外へ出ると、やっと日が暮れたところだった。ちょうど映画を見て帰る時間だな……工藤の目のうらに、ゆで玉子を火鉢のはらに打ち当てながら、仲良く笑い興じるふたりの老人の貌が浮んだ――。

「ねえ、すこし研究してみない」

「ゴキブリホイホイかい」

「ゴキブリホイホイは研究ずみよ。そうじゃなくて、マイホームの研究」

「そっちの方か……」

風呂からあがった工藤を、秋子はノートをひろげて待ち受けていた。

「アパートをうつるくらいのことじゃ駄目なのかね」

「何言ってるんですか、せっかくここまで話がすすんでるのに」

「話だけすすんだって仕方ないだろうに」

「とにかく、研究はしてみなくちゃ。ローンを最大限に活用するとしてですね……。ローンの返済とここの家賃は同じ出費と考えて、問題は頭金なのよ」

秋子はため息をつきながら、工藤が冷蔵庫から出してきたビール瓶とコップを少しずらした。

「頭金ってのは、いくらくらい必要なわけ……」

「それはケースによってちがうけど、二千万円くらいの家を買うとすれば、五百万や六百万はいるんじゃないの」

二千万円とか、五百万とか六百万とかいう金高が、秋子の口からごく自然にすべり出た。あきれ顔でビールの栓をぬこうとする工藤を秋子の手が制し、いそいそと立ち上って玄関へ向った。秋子のうしろから人のよさそうな男が、遠慮がちに入ってきた。男は工藤と目が合うと、首を肩にうずめるようなお辞儀の仕方をした。それで工藤は、男が隣の部屋の主人であることが分った。男とはアパートの前で何度か会っているはずなのに、奇妙に印象のうすい顔でよく覚えられなかった。だが、その独特のお辞儀の仕方は工藤の目にのこっていたのだった。

「こちら、お隣のご主人さま、とってもしっかりしてらして、お詳しいのよ」

「いやいやとても、お役に立ちますかどうですか」

隣の亭主は、ポロシャツの胸ポケットに刺してあった扇子をひろげてあおぎながら、工藤を見てもう一度お辞儀をした。唇は笑っていながら、眼鏡の奥の眼がどこかさめている。

「わざわざ、申し訳ありませんです」

テーブルの上に秋子がコップをもう一つ置いたので、工藤ははじかれたようにビールを注いだ。両手でコップをささえ、拝むような恰好をして工藤のコップに合わせかるくひと口飲むと、隣の主人は真顔をつくった。秋子はたのもしそうに隣の主人のコップを見つめ、坐り直した。

「で、頭金はどのくらい……」

「あの、預金の百万円と、それから多少の借金が……」

秋子は、工藤を無視して隣の主人の相手をつとめる構えらしい。

「どんな物件を……」

隣の主人の言葉に対して、秋子がノートをひろげ具体的な数字をまじえて説明しはじめた。

工藤は呆然として坐っているだけだった。

格安、吉祥寺歩十七分、一〇三㎡（私道含）、閑静住宅街、陽当抜群、ローン可、一九九〇万。

隣の主人はノートを一瞥して、

「ほう……」

と声を出し、コップに手をやりかけて途中で止め、眉間にたて皺をよせてから、大袈裟な表情で工藤と秋子を交互に見た。

「なるほど、ローン付か」

「ローンはきくらしいんです」

「で、いくらくらいのローンにするおつもりですか」

「半分半分……こちらの銀行のローンを半分つかって、のこりの半分を不動産屋の紹介するローンをつかう」

「ほう……」

「とにかく、南側が庭で広くて、買物も便利だし」

「それで、銀行ローンの担保は何ですか」

「その、これから買う家を担保に」

「不動産屋の紹介するローンの担保は」

「………」

「それも、お買いになる家ですか。奥さんが半分半分とおっしゃるのは、そういう意味ですか」

「はい。二千万の物件を半分半分担保にするという形で……」

「手金かなんか打ったんじゃないでしょうな」

「それはまだですけど……」

「それはよかった、この話はないことにした方がよろしいでしょう」

あきれ果てたというふうにため息をつき、隣の主人は滔々《とうとう》としゃべりはじめた。

「同じ物件を半分に割って二つのローンの担保にすることはできないんです。どこでも担保にするなら第一順位に指定したがる、というより第一順位でなくては担保にしません。おたくの場合、その家を銀行が第一担保に入れちゃったら、不動産屋の紹介するローンの担保がなくなっちゃうし、不動産屋紹介のローンの抵当に入れたら、銀行ローンの担保が消える、どだい無理なはなしなんですよ、二つのローンの併用なんて」

工藤は隣の主人のはなしにうなずきながら、おかしさがこみあげてくるのをこらえていた。工藤が会社の仕事にいっさい手をつけず、鈴ケ森界隈へかよっているあいだ、秋子は自分なりに精いっぱいの勉強をしたらしい。それもにわか勉強の悲しさで、たよりにしている隣の主人の言葉によって簡単にくずれてしまった。二杯目のビールを飲みほしたところで、これ以上話す必要はないだろうという表情をのこし、隣の主人は帰っていった。

「隣のダンナもびっくりしただろうな、こっちがあんまり素人で」

「ま、最初はこんなもんよ、知らないのは当り前だもの……」

秋子は指を口にくわえて腕を組み、くるりと振り向いてポンと掌を打った。この仕種は秋子の癖になっているが、テレビ女優かなんかの芝居を真似ているようで工藤は好きになれない。

「問題は、頭金ね……」

テーブルからビール瓶を片づけながらそんな呟きをもらした秋子は、台所へもどる途中で忍び足になった。そしてビール瓶をそっと置くと、流し台の上にある洗剤に手をのばした。流し台のふちを歩いていたゴキブリが床の上へ降り、ゴキブリホイホイと反対側の方角へすこしあるいたところで、触角をひらひらさせながら動きを止めている。秋子は注意ぶかく見張りながら洗剤のスプレーに右手の指をかけ、ゴキブリにねらいをつけている。秋子の心臓の鼓動がつたわってくるような間があって、右手の人差指に力が入った。その瞬間、ゴキブリはすばやく流し台の下にもぐりこんでしまった。秋子は大きく息を吐き、肩の力をぬいて工藤をふり返った。

そのとき、工藤はタバコの紙箱をつぶして、台所のゴミ用の袋に向って投げるところだった。それを、ゴキブリを逃がすためのいたずらと勘違いした秋子は、おどけた動作で工藤に近づき、腕をつねった。

「痛い！」

工藤の口からおどろくほどの大声が発せられ、秋子の表情がこわばった。

「かるくつねっただけじゃない」

「おまえにとってはかるくても、おれにとっては痛いんだ」

「でも、まえはそんな声を出さなかったじゃない」

「………」

工藤は、秋子との距離がみるみる遠くなってゆくのを感じながら、秋子につねられた二の腕に目を落していた。

8

「はて面妖な……」

加吉は旧道を眺めながら腕を組んでつぶやいた。毎日きまった時間に大きな犬を散歩させながら通るはずの、丘の御老人が、ここ数日姿を見せないためらしい。だが、思いつめたような加吉の表情は、それにかこつけて自分の気分を伝えようとしているようでもあった。

お茶を出した千鶴は、どことなく間のわるそうな表情で二階へあがっていったきりだ。このあいだの日曜日、大井三業地の連れ込みホテルへ行ったのを、ふたりの老人は千鶴の様子から勘づいているのだろうか……工藤の頭の片隅にそんな懸念が生じた。

工藤は、ふたりの老人の自分に対する態度に、どこか腑におちないものを感じていた。十年前にひょんなことからかくまい、ぷいと出ていってしまった男が突然姿をあらわした……そのことに対するとまどいを、ふたりの老人がまったく見せていないのはおかしい。まさか工藤があらわれることを知っていたということはありえないが、工藤の出現がふたりの老人にとって好都合だったのではないかという推測は成りたつような気がした。そのことが千鶴の存在とつながるのかどうか……。

最初のときは多少の警戒心を見せたものの、二度目に行ったときにはすんなりと千鶴を紹介した。しかも「かくまう」という言い回しで、何となく工藤と千鶴をむすびつけようという気配があった。

そんなことが、ここ数日の工藤の心をうすい霧のようにおおっている。加吉の気を張りつめた横顔を見つめていると、その霧が徐々に濃くなってゆくようだった。

「加吉ちゃん……」

一兵が例によって地玉子を籠に入れてやってきたが、声をひそめて加吉を手招いた。

「どうやら、丘の御老人がお隠れになったようだぜ」

「丘の御老人が……」

「きのうの朝だってさ」

「どうりであの大きな犬を連れた散歩姿が見えないと思ったよ」

「もうじき通夜がはじまるんだってよ、すごいぜ花輪が」

「そりゃそうだろうな、何しろ偉いさんだ」

「商店街の連中も、みんな喪服を着て焼香に行ってるらしい」

「ち！」

「加吉ちゃん、どうする」

「何をだい」

「町内のつき合いをよ」

「焼香にでも行けってのかい」

「ああ、死人に罪なしっていうこともあるしな」

「馬鹿も休み休みにしな、まったく耄碌《もうろく》にもほどがあるぜ」

「やっぱり、止すか」

「当りめえよ。戦前、戦争中、戦後もいい目ばっかりみてきたお方の大往生だ、きっと地獄でもいい目をみてるさ」

「地獄でいい目か……」

「そうそう、地獄でいい目だよ、一兵ちゃん。だからよ、お祝いをする義理こそあれ、涙を流す義理はねえよ」

「そうだな」

「そうだとも」

旧道に黒い服に身をつつんだ者が目立ってきた。葬儀はおそらく大規模なものになるのだろう。いつのまにか二階から降りてきていた千鶴が、置きはなされた地玉子をもって台所へ引っ込んだ。ふたりの老人は、悪態をつきおえると魂のぬけがらのような表情になってだまっている。

（もしかしたら加吉と一兵は、丘の御老人の幼馴染みなのかもしれない……）

夜の汨橋からは、高速道路が光の帯のように見えた。見物渋滞という時間ではないから、事故による渋滞かもしれない。オレンジ色の光の帯をぬうように、点滅する赤いランプが羽田方面へすすんでいった。そんな光の模様が水鳥のいない水路に映って揺れていた。羽田方面への流れがせき止められたためか、水面に不思議なうねりが生じ、汨橋の橋桁を波が打ちつづけている。

工藤は、すっていたタバコを指で水面にはじき飛ばした。タバコはジュッという音とともに闇に消えてしまった。

「あのへんが、もとの海の波打際だったんですってね」

「加吉さんに聞いたのか」

「だから、水鳥はその波打際を忘れないように、同じところまでやってきては帰っていくことをくり返しているんですって」

「油断のできない作り話だ……」

「作り話……」

「そんなに都合よく水鳥の気持ができあがっているとは思えないね」

「そりゃそうかもしれないけど……」

「そういう言い方が加吉さんの軀にしみてるってことさ、あんまり好きじゃないな、ああいうの」

「かくまってくれたひとに、そんな言い方するのはよくないわ」

「そうだな……」

ふたりの老人に対してしこりを感じているのは、千鶴と自分の仲をつよく意識しはじめたためだろう……工藤はそう思った。からめてきた腕をつよく締めつけると、千鶴は頭を工藤の肩にあずけ、胸のふくらみを肘に押しつけた。

「あの爺さんに何かされたんじゃないのか」

「何かって……」

千鶴のからめた腕から、一瞬、力が失せたのを工藤は見逃さなかった。

「何かって言やあ、あれに決ってるじゃないか」

「どうしてそんなこと聞くの」

「されたかされないかを聞いてるんだ」

「なぜ答えなきゃいけないの」

「その言い方は、されたってことか……」

工藤は足もとの石をひろって投げた。やや遠くで石が水に落ちる音がした。旧道を走ってきた車が泪橋を通りすぎるとき、ヘッドライトに千鶴の脚が白く照らされた。

「氏原さん、奥さんいるんでしょ……」

「ああ」

「子供は」

「いない」

「つくらないの」

「ああ」

「どうして」

「いつ別れてもいいようにさ……」

「奥さん、かわいそうね」

「奥さんか……」

「奥さんでしょ」

「まあな……」

「それなのに、いつ別れてもいいようになんて」

「おれといる方が、かわいそうかもしれない……」

「そういうふうに決めちゃうの、奥さんの気持を」

「奥さん、か……」

話が途切れると、工藤は千鶴の腕をとって引きよせた。

「どんなことされたんだ」

「何……」

「あの爺さんにさ」

「大したことないのよ……」

千鶴は意外なほどあっけらかんとその話をしたのだった。

加吉の家の二階へ寝泊りするようになって一週間くらい経ったころ、例によってやってきた一兵と三人でビールを飲み、急に眠けがおそって先に二階へ上って寝てしまったことがあった。のどがかわいた感じで目を覚ましたが、眼をあけることをためらってしまった。軀ぜんたいがひんやりとしていた。網膜のうらから感じる気配では、小さなあかりがついているらしかった。自分の軀が裸にされ、両脚が大きく広げられていることも分ってきた。だが、なぜか声をあげたり身うごきをしたりすることができなかった。生まあたたかいタオルの感触が軀じゅうを這いまわっていた。両腕が万歳の恰好に上げさせられ、腋の下がていねいに拭かれた。乳房から腹部へとタオルの感触は移動し、股を拭くときは新しく湯に浸したタオルであることが分った。そのあと、軀じゅうを舌で舐められ、何度も舌の先が体へ入るのを感じた。そのうち軀が熱くなり、ふたたび眠りの世界へ落ちてしまった——。

「起きてから、本当にそうされたのか夢だったのか、よく分らなかった……」

「睡眠薬でも盛ったのか」

「本当だとすればね」

「加吉さんか、その舌の主は」

「加吉さんなのか一兵さんなのか、それともふたりなのか……」

「ふたり……」

「そんな気もするの」

「ふたりねえ」

「でも、いいの」

「何が、いいんだ」

「子供ができる心配はないから……」

千鶴はからめていた腕を解いた。今度は工藤が千鶴の肩を引き寄せ、首筋に唇を当てた。

「宮下千鶴って、嘘の名前じゃないの」

「どうして……」

「何となく、そう思っただけさ」

9

冷蔵庫のなかは見知らぬ風景のようだった。秋子と一緒に暮すようになってから、工藤は冷蔵庫のなかをしげしげとのぞくということはなかった。

「ちょっと、くにへ帰ってくるわ」

「くにって、家出同然だったんだろ、くにから」

「あのときも、母にだけはちゃんと話してきたんだから」

「それにしても、急に……」

「でも、頭金は必要ですからね」

「なぜそんなに家にこだわるんだ」

「ここまできたら仕方ないでしょう」

「ここまできたらって、自分で勝手に決めてるんじゃないか」

「あなたはちょっと無責任なのよ」

「無責任……」

「そうよ、生れてくる赤ちゃんのためにもね」

「赤ちゃん……子供ができたのか」

「さあ……身に覚えないの」

「冗談ぬきでさ、できたのか……」

「とにかく、くにへ行ってきます」

「くにって言っても……」

「頑固おやじも亡くなったことだし……」

「くにのお袋さんと、連絡とってたのか」

「いけなかった」

「いけなくはないけど、いつごろから……」

「忘れたわ……」

秋子は言葉をにごしたまま くにへ帰っていった。毎日つづいている鈴ケ森通いには都合がいいというものの、アパートへ帰ると勝手がわからなくなってしまった。

冷蔵庫のなかには、アルミホイルやラップにくるまれた野菜とか肉が整然とならんでいる。

工藤は、コーヒー・ゼリーをやっとさがし出してテーブルにもどった。秋子はコーヒー・ゼリーを毎日つくるのが習慣だった。

コーヒー・ゼリーを口へはこんだ工藤は、不快な舌ざわりに眉を寄せ唇をゆがめた。いつつくられたかも分らないコーヒー・ゼリーは、中途半端に凝固していて気持がわるかった。工藤は汚物でも運ぶように、コーヒー・ゼリーのカップを流し台のなかへ置いた。

このアパートのなかのすべては秋子のやり方で整理されている。秋子がいなくなってみると、工藤には、灰皿ひとつが容易に見つからない。タバコに火をつけたものの、マッチの燃えさしの捨て場にこまって流し台へもっていった。流し台のなかには、湯吞み、目玉焼きを食べたあとの皿、次々と使い捨てた数組の箸、フォーク、スプーンなどがひしめいている。

このアパートは、すっかり秋子の部屋になってしまった……そんな気持が工藤のなかに湧いた。そのとき、工藤の思いを消すような電話の音がひびいた。秋子がつくった小さな座蒲団の上にあったはずの電話機が、いつのまにか板の間に置かれていた。いつになく甬だかいベルが工藤の耳に不快にひびいた。電話は、ＮＷＡ百科事典の下請け販売会社の主任からだった。

「この不景気で人員整理は止むをえないんだけれど、いきなりというのも何だから、今月と来月の合計を成績として、下から何人かに辞めてもらうことに決定したんだ」

「はあ……」

「まあ、きみの場合は大丈夫だと思うけど、一応は知らせておこうと思ってね」

工藤はアパートを出て会社へ行き、そのまま立会川へ向うという生活がつづいている。主任はこれまでの成績を前提にして言っているのだろうが、工藤は今月ひとつも契約を取っていない。今月末の工藤の成績表にはゼロが記載されるのだ。工藤は、それを知らない主任の言葉に対してあいまいな返事をして電話を切った。それから工藤はビールを半分ほど飲み、為体《えたい》のしれない疲労のために寝入ってしまったらしい――。

「居眠りでもしてたんでしょう、何回鳴らしたと思うの」

「いま何時だ……」

「もうすぐ二時ね、そろそろ本式に寝ないと風邪ひくから」

深い眠りを電話の音で起された工藤は鼻声になっていた。秋子は、変に陽気な声で叫ぶようにしゃべっている。

「電気温水器って知ってるでしょ」

「電気温水器……」

「あら、知らないの。電気でお湯をわかすタンクのようなものがあってね、一日分のお湯を夜の安い電気でわかしといて、昼間それを使うわけ」

「安い電気……」

「深夜の電気料金は安いのよ。その安い電気を使うから、昼間の電気代より安くつくわけよね」

「その電気温水器とやらが、どうかしたのか」

「あら、今度買う家で使ったらどうかと思って」

「今度買う家ったって……」

秋子の母親らしい笑い声が受話器から聞きとれた。何かの事情で家出をしてきたはずの秋子が、母親をかたわらに陽気な電話をかけているのが不思議だった。

「それから、ゴキブリホイホイ、何匹取れた」

「知らないよ、そんなこと」

「あら、ちゃんと見なきゃだめよ、いっぱいになったら取り替えなきゃなんないんだから」

「ああ……」

「ちょっと見てごらんなさい、十匹は入ってるわね、きっと」

「まさか……」

「あら、知らないのね、すごいんだからゴキブリホイホイの威力は」

秋子との電話を切ると、工藤はかすかに頭痛を感じて首をふった。

テーブルの上に目を落すと、秋子が切りぬいた不動産案内の新聞広告が置いてあった。陽当抜群、格安、閑静住宅街、南側公道面、車庫付、私道含、全室手入済、掘出、稀少、特選、必見、譲惜、再得難……これらの文字が工藤の目にいっぺんに飛びこんできた。工藤はそれをふりはらうように目をつよく閉じ、二、三度まばたきをした。そして、さっきの電話で秋子に子供のことを聞くのを忘れたことに気づいた。

工藤は、流しの下に置いてあるゴキブリホイホイを取りあげた。赤い屋根に青い壁、黄色いドアの家のなかには、粘液にとらわれたゴキブリがうごめいているらしい。秋子が言うほどの数ではなさそうだが、カラフルな家のなかのゴキブリはもはやそこからは脱出できないだろう。ゴキブリホイホイの屋根の部分を解いてみると、赤い屋根や青い壁の内側があかりに照らされた。内側は何の変哲もないボール紙の地色だった。そこに塗られた透明な粘液の上で、飴色に光る二匹のゴキブリが、背中あわせにとらえられていた。

10

「お若えの、お待ちなせえやし」

「待てとおとどめなされしは、拙者がことでござるよな」

「さようさ。鎌倉方のお屋敷へ、多く出入りのわしが商売、それをかこつけた有りようは、遊山半分江の島から、片瀬へかけて思わぬ暇取り、どうせ泊りは品川と、川端からの帰り駕籠、通りかかった鈴ケ森、お若えお方のお手のうち、あまり見事と感心いたし、思わず見とれておりやした。お気づかいはござりませぬ。まア、お刀をお納めなせえまし」

「………」

「問われて何の何某《なにがし》と、名乗るような町人でもござりませぬ。しかし産れは東路に、身は住みなれし隅田川、流れ渡りの気散じは、江戸で噂の花川戸、幡随長兵衛《ばんずいちようべえ》という、イヤモ、けちな野郎でござります」

「すりゃ其許《そこもと》が、……噂の高い」

「イヤ、その中国筋まで噂の高い正真正銘の長兵衛というのは、わしがためには、爺さんに当る、鼻の高い幡随長兵衛、また、その次は目玉の大きいわしが親父、その長兵衛と思いなさると当てが違う。イヤ大違えだ、大違えだ。しかし、親の老舗《しにせ》と御得意さまを、後立《うしろだて》にした日にゃア、気が強い。弱いやつなら除けて通し、強いやつなら向面《むこうづら》、韋駄天が革羽織で鬼鹿毛に乗って来ようとも、びくともするものじゃあござえやせん。及ばずながら侠客《たてし》のはしくれ、阿座烏は浪花潟、藪鶯は京育ち、吉原雀を羽交《はがい》に附け、江戸で男と立てられた、男の中の男一疋。いつでも尋ねてござえやし、陰膳すえて、待って居りやす」

幡随長兵衛を加吉が演じ、一兵は白塗りの白井権八という役どころ、十年前にも二、三度見たことがあったが、興にのるとふたりの老人が声色まじりでやる「幡随長兵衛」の「鈴ケ森の場」だ。

芝居ごころのあるのはもちろん加吉であり、振りを一兵に教えこんでは直すという具合らしい。一度教わってもすぐに忘れてしまう一兵が、身ぶりだけで間をかせぐと、舌打ちをしながらも加吉は上機嫌でダメ出しをしている。

「だからほら、駕籠のところで月あかりに刀をかざして、チチチチチと三味《しゃみ》の音《ね》が鳴るだろ、それで刀を返してまたチチチチチ、そんときの軀の傾きだな、これで白井権八の色気が出るってもんだ、そこでゴーンと鐘の音がするからいいんだよ」

「なるほどな、このくらいかい加吉ちゃん」

「そうじゃなく、刀をこうかまえてこんなぐあいにだな。いくら言っても芝居が身につかねえなあ、一兵ちゃんは」

「仕方ないよ、加吉ちゃんとちがって芝居なんか見たことねえんだから」

「芝居を見たことねえったって、鈴ケ森くらいちゃんとやってくれよ」

「そりゃまあなあ、御当地芝居みたいなもんだからな」

「御当地芝居か、そりゃいい」

工藤と千鶴を二階の部屋に坐らせて、加吉と一兵は同じ場面を何度もくり返した。工藤は、幡随長兵衛の場面を芝居では見たことがないが、映画の「幡随院長兵衛」は知っていた。鈴ケ森で雲助を斬った白井権八に、駕籠のなかの長兵衛が声をかけるところはよくおぼえている。

「ほんとはよ、おれが長兵衛ならば、その……氏原くんが白井権八ってとこだな。で、チヅちゃんは小紫だ」

「こむらさきって何なの」

千鶴は怪訝そうな目を加吉に向けた。さっきから加吉と一兵のやりとりを目にしていながら、千鶴にとってはまったく見当のつかない世界なのだろう。ただ、「鈴ケ森」というセリフが出ると、ちょっと腰を浮かせるだけだった。

「小紫ってのはな、幡随長兵衛《ばんずいちょうべえ》精進俎板《しょうじんまないた》という芝居に出てくる吉原の花魁《おいらん》だよ」

「おいらんって……」

「こいつはこまったな、女郎って言っても分るめえし」

「トルコ風呂の女みたいなのかしら……」

千鶴は吉原という名前からトルコ風呂という言葉とつなげたらしい。

「まさか、あそこまで落ちちゃいねえよ」

そう言って笑う加吉に、千鶴は舌を出しておどけて見せた。

「でも、トルコ風呂がなきゃこまる男も多いんでしょ」

「そりゃまあな。でも、おれたちはもうとっくに用なしだ。なあ、一兵ちゃん」

「そうそう、用なしだよ」

そう言って、ふたりの老人はひとしきり笑い合っていた。トルコ風呂がなければこまる男も多いだろうが、トルコ風呂がなければこまる女もいるだろう……工藤はそんな思いを横坐りしている千鶴の顔にかさねた。

「一兵ちゃんのおかげで、御両所にはあんまり受けなかったな」

「また、おれのせいかい」

「何回おしえても忘れちゃうんだから」

「加吉ちゃんのゆで玉子の割り方とおんなじだよ」

「そりゃまた変な言いがかりだ」

ふたりの老人はまた笑い合った。だが、丘の御老人が死んでからの加吉と一兵は、何かが変ったような気配がある。急に「鈴ケ森」をふたりに見せようと思い立ったのも、沈みがちな自分たちの気分にはずみをつけるためのように見えた。だがそのこころみも空回り、加吉と一兵はだまって階下へ降りていった――。

「こないだの話、本当なのか」

工藤が二階の窓から高速道路を眺めながらポツリと言った。

「こないだの話って……」

「この二階で、あのふたりに軀を舐められたって話さ」

「だから、夢だか本当だかよく分らないって言ったでしょ」

「そんなことってあるもんかね」

「あるのよ」

千鶴の語気がつよまった。

「本当にされたかも知れないんだろ」

「そうよ」

「それでよく平気でいられるな」

「あんた、あたしをいじめに来たの……」

千鶴は唇をかんだ。スカートをつかむ手に力が入り、ひろい肩がこわばった。工藤が肩に手をかけると、千鶴はその手をはらいのけた。もう一度手をのばすと、腕をたぐるようにして工藤を引き寄せ、乱暴に唇を求めた。唇を合わせると、千鶴の舌がつよい力で工藤の舌を巻きこんだ。口の奥で千鶴の舌がからみついた。そのまま工藤を抱きしめ、千鶴は自らゆっくりと仰向けに倒れていった。スカートを巻きあげ、下着を足でひっかけて降ろそうとすると、千鶴は腿を閉じて抗った。千鶴の舌がほどけ、唇がはなれた。千鶴は工藤を仰向けに寝かせて、ズボンのジッパーを降ろし、下着のなかへ手を入れた。そして口にふくんだものを舌をつかって愛撫した。歯が当り声をあげようとした工藤の口を、千鶴の掌がすばやくおさえた。その手がはなれてもとへもどり、舌が熱く工藤をつつんだ。階下から、茶碗が何かに当るかたい音がとどいてきたが、千鶴の熱い舌はうごきを止めなかった——。

「あたし、トルコ風呂へつとめてもやっていける女なのよ」

高速道路の向う側をはしる羽田行きのモノレールを目で追いながら窓わくに手をかけ、千鶴はぽつんとつぶやいた。髪のほつれが首筋の汗にはりついていた。汗で光る首筋にホクロを見つけそっと手を当てると、千鶴はクッと笑って首をちぢめた。千鶴の腋の下の毛が逆光のなかで風にゆれていた。柔らかい毛質の千鶴は、腋窩を剃らないようだ。下着をつけていないTシャツのなかで、まだかたくなったままの乳首が迫り出していた。

「おれだって、ホスト・クラブへつとめてでもやっていける男だぜ」

肩をいからせ太陽をにらむポーズで目をほそめ、唇をゆがめながら工藤はささやいた。千鶴はぷっと吹き出したあと、真剣な表情にもどって工藤を見た。

「白井権八をかくまった長兵衛はどうなったんだっけ」

「そりゃ一兵ちゃん、湯殿で旗本水野十郎左衛門に槍で刺されて死んじゃうわけだ、有名な風呂場の殺しだよ。意地だ情《なさけ》だ面目《めんぼく》だのとこの大馬鹿野郎って啖呵きってだね、水野の槍を自分の胸へ自分で突き刺すっていう、心意気を見せての最期だ」

「それも歌舞伎でやるの……」

「歌舞伎でもやるけど、ここは映画の方が凄かったな、阪妻なんかの当り役だ」

「旗本は誰の役だい」

「いろんな役者がやったけど、そうさなあ、市川右太衛門もよかったな」

「かくまわれた白井権八はどうなっちゃうんだっけ」

「そりゃおまえ、鈴ケ森で獄門台へのぼったわけだ」

「あ、そうだ、忘れてたよ加吉ちゃん」

「そういうこと忘れてちゃあ、鈴ケ森の権八はできないわけだ」

「小紫って女はどうなったんだっけ……」

ふたりが二階から降りてきても、加吉と一兵はかまわず芝居の話をつづけている。

「小紫か、そうさなあ……」

加吉は宙をにらんで思い出そうとしているようだったが、はっきりとはつかめないらしい。

「忘れたな、小紫ねえ……」

「小紫だけ分らないのね」

千鶴がからかい顔ですねて見せると、

「まあ、いいじゃないか、長兵衛や権八は死んじゃうのに、小紫は死なないのかも知れないんだから」

工藤が加吉のかわりに言った。

「でも、分らないって気持わるいのよね……」

千鶴は言葉のおわりをにごすように言って、ゆで玉子を口にはこんだ。一兵が台所からビールをはこんでくるのに合わせて、加吉は作業台の上を片づけた。寿司屋の茶碗が四つならびビールが注がれた。加吉はひとつひとつのコップを、千鶴、工藤、一兵の順にくばり、のこったのを取りあげ、

「丘の御老人に乾杯」

と言った。その声は、丘の御老人の死を祝うとも悼むともつかぬ、あいまいなひびきをもっていた。

「丘の御老人は、あの芝居でいくとどんな役どころだろうねえ、加吉ちゃん」

「まあ、長兵衛を殺す旗本水野十郎左衛門てとこかな」

「こりゃまた、ひどい悪役だな」

「いやいや、武士の大義を守るために心を殺して長兵衛を手にかけるんだから、いい役だよあれは」

「迷ってたんだね、長兵衛を殺すのを」

「悩んだあげく心を鬼にして、ということだな」

「丘の御老人も、そんな気持をもっていたのかねえ」

「さあねえ……」

加吉は腕を組んで考え込んでしまった。一兵も茶碗を宙に浮かせて思案顔である。工藤は千鶴に目くばせをすると茶碗のビールをひと息に飲みほし、ふたりの老人に挨拶をして外へ出た。

泪橋の欄干に腰をかけ、出がけにつかんできたゆで玉子を掌でもてあそびながら、工藤は人工の水路を眺めていたが、水鳥は一羽も飛んでこなかった。

「羽田から飛びたつ飛行機や羽田へ降りていく飛行機のエンジンに巻きこまれて、鳥が落ちるらしいのよね。あの埋立地なんかに鳥の死骸がいっぱい落ちてることがあるってはなしよ」

「そのために、鳥がすくなくなったのかな」

「そうかもしれないわね」

「鳥にとっても、この辺はお仕置場みたいになってきたんだな」

「まるで、加吉さんや一兵さんみたいなこと言うわね」

「あのふたりの爺さんにとっては、飛行機が丘の御老人ということになるんだろうな」

「あたし……」

千鶴は、言葉を出しかけてためらっている。

工藤が肩に手をかけると、千鶴はその上に手をかさねた。千鶴の手は意外なほど冷たかった。

「何だい」

「あたし、あのふたりがちょっとこわくなってきた……」

「例の一件か」

「丘の御老人が亡くなったでしょ、あの日からふたりともどこかヤケ気味になってるみたいでこわいの」

「また、あんなことがあったのか」

「そう、夜なかにね、お茶が入ったから一杯どうかって声がかかって、降りていくとそのあと分らなくなるの」

「お茶をことわればいいじゃないか」

「そうすると、ふたりのやってること知ってることになっちゃうでしょ」

「そうか。そうなるとちょっとこわいことになるかもしれないな」

「それに、薬ってのがね……」

「そりゃ、気味わるいぜ」

「でね、最初は、お世話になってることだし、それに子供ができるわけじゃないしと思ってたんだけど」

「躯を舐めるだけじゃないのか……」

「よく分らない、とにかくこわいの」

「あのふたり、あんたとおれのこと知ってるのかな……」

「どうかしら」

工藤は千鶴の手をつよくにぎった。それをにぎり返す千鶴の掌が汗ばんでいた。

「それで、昼間になるとぜんぜん違うでしょ、それがかえって……」

「あのふたり、昼間はずっと家にいるのか」

「一兵さんは店番があるからあまり出ないようだけど、加吉さんはオートレースに通ってるんじゃないかしら」

「そんな金、どこから出るのかな、近ごろは洋服の注文だって年に一度か二度だろう」

「さあ……」

工藤の頭に、十年前の忘れかけていた記憶がよみがえってきた。

加吉の家へかくまわれてしばらくは二階にこもりきりだった。オートレース場に近いこの界隈にいつ暴力団の手が回るかもしれないという不安もあったが、かくまってくれた加吉へのポーズでもあった。足の痛みがひきはじめると、工藤はいつも裏側の窓から見ていた屋敷を見てみようと、泪橋あたりへ行った帰りに高台へ向った。こんもりとした森に見えたのは巨大な屋敷の庭木だった。豪華で堅牢な玄関をながめながら石塀ぞいに裏手へまわろうとしたとき、屋敷の勝手口のあたりに立っている加吉を見つけて声をかけそうになった。だが、そのときの加吉の卑屈なたたずまいに、ノドから出そうになった声を押しころした。工藤はその場をそっとはなれ、坂をくだって旧道の人混みにまぎれたのだった——。

「そんな金、どこから出るのかな」

という自分の言葉が、消えかけた記憶の断片をよびもどしたのだが、丘の御老人に対する加吉の態度とは符合するような気がした。加吉は、丘の御老人の弱みをにぎっていたのかもしれない。戦前、戦争中、戦後を通じてずっと旨い汁を吸っていると加吉が語る丘の御老人から、加吉は涙銭をせびり取って生きてきたのでは……。

（これは、自分好みのつなげ方すぎるかもしれない……）

そうも思ったが、あんがい当っているかもしれないという気もした。

（はて面妖な……）

加吉の十八番のセリフが、工藤のノドの奥で何度も呟かれた。その想像が当っているとしても、加吉のそういう切羽つまった生き方は、工藤にとってべつだん嫌悪すべきものではなかった。弱い者は自分がもっているすべての武器をつかわなければ生きていけない……そんな感覚は、ホスト・クラブ時代の工藤の軀にもしみついていた。だが、丘の御老人の死によってくずれはじめた加吉の気持が、千鶴の身にとって危険なものになるとすれば、手をこまねいていることはできないという気がした。一兵は、加吉の手だすけをすることを生きがいにしている。千鶴が何度も口走った「こわい」という言葉が、工藤のなかではっきりとした手ごたえをもってきた。

工藤は、汗ばんだ千鶴の手を両手でつつみ、それからアゴを手で支えて自分の顔を見させた。そのとき、工藤の掌からこぼれたゆで玉子が、泪橋のコンクリートの欄干に当ってグシャッという音をたて、目の下の水のなかへ落ちた。殻に亀裂を生じ黄身がはみ出したゆで玉子が、重油でにごった水面に浮き沈みしながら移動していった。

「こんどは、おれがかくまってやろうか」

そう言うと、

「え?」

千鶴がノドの奥からしぼり出すような声を出した。

11

NWA百科事典の販売会社Kの事務室には、ざわついた空気がながれていた。人員整理に反対する意見が販売員側から強硬に提出され、ここ一、二ケ月での処分を見合わせるという結論が幹部会で出された旨を書いた掲示が、壁に貼り出されていた。その掲示のまわりに集まった数人が、表情をこわばらせて声高にしゃべっている。会社側の一方的な方針がいったんは引っ込められたものの、幹部の気まぐれでいつまた提出されるかもしれないという不安が、契約者という不安定な身分の販売員をつつんでいるのだった。

「とにかく、給料だけで食えなきゃ本来おかしいんですから。ねえ」

「そうですよ、歩合なんていうのはプラス・アルファであるべきであって……」

通りかかった工藤にも合槌をもとめ、幹部室をにらむようにしゃべっているのは、もとはどこかの会社の経理にいたという中年男と、何かというと労働協約をもちだす若い男だった。このふたりはよく気が合うらしく、契約者の社員化という問題がクローズ・アップされたときも、やはり先頭に立って音頭をとっていた。

工藤は、今月のゼロの成績を基準にされて解雇される心配はなくなったのだが、自分の待遇に関して熱心にはなれなかった。それは、秋子の考えるような生活の安定が、どうしても魅力的に思えないこととつながっていた。自分はどこかでレールをまちがってこの仕事についているが、やはり本来は水商売に合っているのだという思いがつよい。カモフラージュのように水商売と縁遠い仕事を続けてきたここ十年間のわだかまりが、立会川へ足を踏み入れたことによってよりもどされている。工藤は英語の百科事典のセールスという仕事にあきあきしているといってよかった。千鶴の存在が自分の表面をおおっていた膜を、一枚一枚はがしていくのを工藤はつよく感じているのである。

騒然とした事務室を無表情で通りぬけ、幹部室からいつもより薄い給料袋を受け取ると、タイム・レコーダーに出勤票を押し込み、打刻する金属音をたしかめて17番のところへもどした。そのとき、女子事務員が工藤に電話が入っていることを告げにきた——。

会社を出た工藤は、そのままタクシーをひろって立会川へ向おうと、交差点に立って空車を待っていた。空車のランプをさがしていた工藤の目に、黒塗りのベンツが映った。助手台には眉毛のうすい男が黒っぽい背広で乗り込んでおり、その後部座席には一組の男女が座っていた。男は六十五、六といったところで、太い眉の下の鋭い目がメタル・フレームのうすい色のサングラスのなかで異様に光っていた。そのよこに坐っている中年の女は車の外のけしきを眺めていたが、その女と工藤の目が合ったとたん、信号が変って車は走り去った。女は、一瞬、目を痙攣させ唇をふるわせたようだった。ホスト時代の工藤にマンションと車を買ってくれた女だった。工藤の背中を一筋の汗がながれ落ちた。

（俺とのことがバレても、無事にすんだのか……）

女に対する懐しさなどなかったが、なぜか不思議な安堵感が身をつつんだ。工藤は空車を見つけてすばやく乗り込み、「立会川」と行先を告げた。


まだ陽がたかいというのに、加吉の店に一兵がいた。ふたりは、工藤の姿を見ると上目遣いに一瞥をくれたが、また首をうなだれて肩をおとした。

七十歳というふたりの年齢が、その表情に額面どおり出ていた。日ごろの無邪気さが影をひそめ、苦労がしみついた老人の貧しさだけが目立っていた。

「どうしたんですか……」

そう言う工藤の言葉に答えるでもなく、加吉は火のない夏の火鉢の灰に波形を描きつづけている。一兵は加吉の描く波形をぼんやりと目で追っているばかりだ。

「今日は給料が入ったから、たまにはおれがビールおごりますよ……」

工藤がはずみをつけて言ってみるが、ふたりは表情をくずさない。工藤の頭をある予感がはしりぬけた。

「チヅちゃん、いなくなったんですか……」

ふたりの老人は、だまってうなずいた。

「例の新興宗教の関係者がやってきたんですか」

「いや……」

「じゃあ、チヅちゃんの親父が連れもどしに……」

「自分で出て行ったんだよ」

「自分で……」

工藤は、ゆうべ千鶴が打ち明けた、加吉と一兵の話を思い出した。あのときもかなり思いつめていたようだったが……。

「あの娘が新興宗教に関係あるってはなしは、はじめから嘘だと知っていたよ」

加吉はゆっくりと語りはじめた。独特の芝居もどきではなく、淡々とした老人の話しぶりだった。

「だけど、長年オートレース場なんかへ入りびたってると、思いつめた顔ってのは分るようになるもんでね、あの娘の顔は思いつめた顔だった」

「なんで新興宗教なんて嘘ついたんですかね」

「そんなことはあんまり関係ないんだよ、嘘なんて思いつきだからねえ。だけど、そういう嘘をつかせる本当のことから逃げたかったのはたしかなんだ」

「………」

「だから嘘は嘘でいい、嘘を承知でかくまうってのがおれたちのやり方だよ、なあ一兵ちゃん」

「そうだよ、加吉ちゃん」

「だけど、あの娘はそれじゃすまないと思ったんだろうねえ」

「すまない……」

「お礼をしなけりゃいかんと思ったんだろう」

「お礼……」

「ああ、軀でお礼をな。だけど、こっちは爺さんふたりだし……氏原くんにひと役買ってもらおうと思ったんだ」

「ひと役買うって、どういうこと……」

「あの娘は、はっきり言って淫乱の血があったようだ、それでなくてはとうていこんな爺さんふたりを相手にはしないよ」

「………」

「だから、その……氏原くんがひとり仲間に入ればあの娘のそういう血も若い方へ向うだろうし、おれたちも悪い夢を見ずにすむ。そういうことでその……氏原くんを利用させてもらおうと……」

「で、どうして急に出ていったんですか」

「それが分らん……」

「だまって出ていったんですか」

「こんな手紙が二階に置いてあった」

加吉は作業台の上にひろげたままになっている便箋らしき紙を工藤に示した。上手とはいえないが一字一字ていねいに書いた文字が横にならんでいた。

――だまって出て行きます　ごめんなさい　これいじょういるのがこわくなりました　おげんきで　加吉さま　一兵さま　うじはらさま　千鶴
工藤は頭がこんぐらがるような気がしていた。ゆうべの千鶴の話が本当だとすれば、いまの加吉の話は嘘になる。いまの話が本当だとすれば……千鶴はどうしてあんな話をつくったのだろう。それに、ゆうべも何度も言い、この書きおきのなかにもある「こわい」という言葉は何なのだろう。ゆうべといまをかろうじて繋いでいるのは、「こわい」という単語だけである。すべてのことが謎になってしまった……そう思いながら工藤は加吉を見つめた。

「これも念のため調べてみたが、大丈夫だった」

加吉はうす汚れた古い封筒を出して、ポイと作業台の上へ放り出した。

「何ですか、それ」

「貯金通帳さ」

「加吉さんの……」

「そう、生れてからはじめてつくった貯金通帳だよ」

「はあ……」

「変だろ」

「何がですか」

「とぼけるなよ、このおれが貯金通帳なんか持ってるの変だろって言ってるのさ」

「まあ、そうですね」

「この金は、丘の御老人の口止め料だ……」

「………」

「あの爺いが犬を散歩させてるとき落した紙切れをおれが見つけて届けてやると、信じられない大枚の金をくれたんだ」

「それが口止め料ってわけですか」

「お礼と言ってたけど、どうせ悪いことをした証拠の書きつけかなんかだろう。それでなきゃそんな大金くれるわけがない。だから口止め料にちがいないのさ」

「なるほど……」

「それで、おれも気持わるいから一兵ちゃんにだけ話したんだ、なあ一兵ちゃん」

「ああ……」

「いつごろのことですか」

「よく覚えてないけど、まてよ通帳に日附けがあるはずだ。……昭和四十六年十一月四日、ちょうど十年くらい前か」

丘の上の屋敷の勝手口で卑屈に腰をかがめていた加吉の姿が、工藤の目の裡で点滅した。

「それでまあ、これはどうせ悪銭だからどうしても必要なときに使うつもりで通帳つくったんだよ」

「どうしても必要なときって……」

「おれたちの年になってどうしても必要なときってのは葬式しかないさ、なあ一兵ちゃん」

「そうだよ、それでおれんとこの婆さんの葬式も出してもらって……」

「出してもらってなんて言い方よせよ、どうせあの爺いの口止め料だぜ」

「そりゃまあそうだけど、助かったよ」

「それじゃ一兵ちゃん、死んだ丘の御老人にお礼でも言うつもりかい」

「お礼は言わないよ、言いっこないだろ」

「そんならいいんだ。次は俺たちどっちかの葬式代だな」

「ああ……」

ふたりの老人のやりとりを聞いているうち、千鶴の言う「これいじょういるのがこわくなりました」という文字の意味が、さっきまでとはまったくちがった趣きで工藤の頭にひろがった。

千鶴は、ふたりの老人の不思議なやさしさがこわくなったんだろう……そんな気がしたのだ。

「お上に追われてるから、ただかくまうだけさ……」

芝居もどきのセリフと聞えていた加吉の言葉が、いまは素直にのみこめるような気がする。

御仕置場で処刑される幾多の科人を見てきた土地に住む者の、骨のずいに流れるやさしい血を、加吉や一兵はひきついでいるのかもしれない。

「おい、一兵ちゃん」

加吉が急に大きな声をあげた。

「いつまでも生きられる身分じゃねえ、めそめそぐずぐずしてるのはもったいねえや、また例のやつをたのむぜ」

「ほいきた」

一兵は台所へ行って地玉子の入った鍋を火にかけた。やがてゆであがった玉子を籠に入れてもってきた一兵は、加吉が片づけた作業台の上へ乗せた。そして、ふたりの老人のいつもの儀式がはじまった。

加吉がやっと冷えた地玉子を籠から取って火鉢の腹へ打ち当てようとする。

「ほら、またちがったよ加吉ちゃん、それじゃあ反対だって言ってるだろ」

「そうかなあ、こっちじゃないのかい」

「そっちじゃなくて、こっち、ほら、どうだい」

「あ、そうか。でも、おれのはこっちだろう」

「ちがうよ加吉ちゃん、ちょっと貸してごらんよ」

「ほいきた」

「いいかい、こっちをこうやってコンと割ると、な、ほらここがへこんでるってわけだ」

「はて面妖な……」

無邪気に玉子の割りっこをしているふたりの老人の姿が、工藤の目のなかですーっと小さくなった。「これいじょういるのがこわくなりました」という千鶴の書いた文字が、「あの娘の顔は思いつめた顔だった」という加吉の言葉とかさなって、工藤の頭に貼りついた。

旧道はやっと傾いてきた太陽のため影をながくした人々でにぎわっていた。ときどき走りぬけるトラックの埃を浴びながら、人々はさして迷惑そうな顔もつくらない。トラックが行きすぎると、洗面器を小脇にかかえた簡単服の老婆が三人連れで道をわたった。そのうちのひとりが洗面器のなかの石鹸箱を道の中央に落し、あわてて拾ってもどってくると、連れのふたりが少女のように肩をたたき合って笑った。その脇を豆腐屋の自転車がラッパとともに通りすぎる。道を斜めに縫うように走りわたって反対側の家へ交互に夕刊を差し入れる若者のあとを鎖をひきずった小犬が追い、家の前へ縁台を出して坐る肥満体の老人が何ごとかを口のなかで呟いている。

旧道の喧騒をぬけると泪橋に出た。科人と家族や縁者との今生の訣れの場となりつづけた泪橋に立つと、工藤は肩の力をぬき、大きな吐息をついた。工藤の耳の奥に、さっき会社にかかってきた秋子の電話のいつになく湿った声がよみがえった。

「どうしたんだ、仕事場へなんか電話して……」

「よかった、やっぱり会社にいたのね」

「あたり前だろ、ここへ勤めてるんだから」

「何だか、本当はもうそこへ行ってないような気がしたもんだから……」

「馬鹿なことを言うな」

「でも、本当によかった」

「何がよかったって言うんだ」
「声が聞けて……」
「俺の声を、か……」
「そう」
「お袋さんと何かあったな」
「あたしね、もう一度、家出しなおそうと思って……」
「家出……」
「うそうそ」
「冗談の電話をかけてくる場所じゃないぞ」
「いま、どこにいると思う」
「どこって、いなかの家だろう」
「上野の駅よ」
「上野……」
「そう、すっかり忘れてたことがあってね、あわてて汽車へ乗ったの」
「忘れてたって、何のこと」
「氏原さんがね、今日の夕方、うちへ来てくれるのよ」

「氏原……」

「ほら、銀行の氏原さんよ」

「もうすんだんじゃなかったのか、氏原さんの件は」

「もう少し考えてみてくださいってたのんだら、連絡があったのよ」

「なんか変なものに手を出すって話じゃないだろうな」

「何とか知恵をしぼってくれるって言うの」

「やばい話はごめんだよ」

「とにかく、あなたでは駄目みたいね、奥さんと話したいって言ってたから」

「こっちも話したくないよ」

「だから、べつに早く帰ることはないわよ、私がちゃんと聞いとくから」

「おふくろさんがいくらか出してくれるのか」

「それは案外しぶかった。でも、ねばってる最中よ。じゃあ切るわね」

「あ、それから、あれはどうだった」

「何……」

「子供だよ、子供」

そこで遮断機が降りるような音がして電話が切れてしまった。おそらく十円玉がなくなったのだろう、秋子からの電話はそれっきりになった。秋子はあたりに気を配りながら電話していたらしかった。工藤は秋子の声になつかしさを感じていた。突っかい棒のように寄りそってきた時間が、かすかではあるがもどってきたような気がしたのだった。千鶴に対して「かくまってやろうか」などと言ったが、自分がかくまえるのは秋子くらいのものだろう……。

工藤が小石を蹴ると、小さな音をたてて水面に落ち、そこから波紋がひろがった。波紋のうえに影が落ちたように思って目をあげると、泪橋の欄干に片足をかけた若者がいた。頭を短く刈った猫背の若者は、工藤の蹴った石によってできた波紋をじっと見おろしている。その若者の暗い横顔を見つめていた工藤は、若者が誰かに似ているように感じた。誰に似ているのかはつかめなかったが、もしかしたら加吉に声をかけられたときの自分かもしれないとも思った。若者は自分に向けられた工藤の視線を感じたのか、ぎごちなく欄干から片足をおろし、旧道を加吉や一兵の店の方へ向って歩いていった。

工藤は、水鳥のように万歳の恰好で両手をあげ、二、三度上下させた。そのとき、高速道路の手前あたりに黒い点が生じ、そのまますーっと近づいてきた。羽をグライダーのように固め中空をすべってきた水鳥は、そのまま工藤の頭上を越えて、第一京浜国道を越えていった。

(昔の波打際で万歳をする水鳥なんて、もうすぐいなくなるんだろうな……)

工藤は泪橋から鈴ケ森刑場趾を通りすぎ、第一京浜国道をわたろうとした。すると、いきなり大粒の雨が国道に斑点をつけ、たちまち塗りつぶしていった。遠くの空で稲妻が光り、雷音がはじけた。

（これで秋か……）

いきおいを激しくした雨のなかで、工藤はゆっくりと旧道をふり返った。突然の雨にとまどった人々が右へ左へとはしっていた。旧道からやってきた巨大なトラックがはげしいいきおいで工藤の脇を通りすぎ、第一京浜国道を蒲田方面へ走り去った。工藤は、瞼に打ち当る雨滴を掌ではらって、雨の向う側を透し見ようとした。だが、そこには、鈴ケ森刑場趾も泪橋も、ふたりの老人がゆで玉子の割りっこに興じているはずの商店街もなかった。工藤の目のなかで、すべてのけしきが、秋を告げるはげしい雨によってかき消されていた。

『時代屋の女房』新しいあとがき

村松友視

私は、中央公論社につとめ文芸誌「海」に配属されての編集者時代の後期に、情報センター出版局からの依頼によって「私、プロレスの味方です」を書き、この本が思いもかけずベストセラーとなったのだが、これは私にとっては驚天動地の出来事だった。

それまで私は漠然たる作家志望者として、会社づとめの編集の仕事のかたわら小説めいた原稿を書いては各社の新人賞に応募し、落選をつづけていた。さまざまな雑誌にアルバイト的な原稿を書いたりもしていたが、それらのいとなみが物書き稼業へとつながる可能性は、けはいすらなかった。

そんな私に小説を書けと声をかけてくれたのは、当時「野性時代」の編集部員であった見城徹(現・幻冬舎社長)だった。ただ、せっかくプロレス読物のベストセラーが誕生したのだから、第一作はとりあえずプロレスを含んだ内容でということになり、「セミ・ファイナル」なるタイトルのプロレス・シーンをふくむ作品を書くと、これが直木賞候補となった。これも私にとっては想像外の出来事だった。作者たる私自身が、直木賞などという存在を頭のかたすみにも思い浮べて書いてはいなかったし、クラブのスカウトマンを主人公とするいささか奇を衒《てら》った作品でもあり、これはもちろん当然のごとく受賞にいたらなかった。

ただ、思いもかけぬ直木賞レースに乗った興奮からか、次の「泪橋」を書くにあたってはすでに賞を狙う気満々だったのだから、私も頭《ず》が高い。この作品は、一九七〇年頃の過激な学生運動からはぐれた主人公に、当時住んでいた大井町に近い立会川あたりを舞台として、多少はあの頃の時代空気を意識して書いた内容だった。結局この作品も候補作の列にはならんだものの、賞取りレースとしてはつかこうへい「蒲田行進曲」の前に敗れ去った。今にして思えばこれも当然の結果だったのだが、そこで次を狙うかまえを即座につくり直していたのだから、自分の正味の寸法をとらえられぬほどの、一丁前の直木賞候補作家気分だったのだ。

「セミ・ファイナル」を書いたすぐあとに私は、中央公論社を退社していたが、これもそんな興奮のながれによることで、「今なら、会社を辞めれば何とかなる」という楽観的なサイコロの振り方だった。その間に結婚をしていたのだが、そのことへの責任感よりも「私、プロレスの味方です」の余韻の中での、ある意味での錯覚にもとづいた自信めいたものがあったはずだ。

ただ、やはり見城徹が手がけて受賞した「蒲田行進曲」への素直な高評価は消しがたかった。

私は、つかこうへいの直木賞授賞式へ行き、会場でごく自然に祝いの言葉を向けた。そのとき私と握手をしたつかこうへいの呆然たる表情が、私の目に焼きついた。

その半年後、私は「野性時代」に掲載された百余枚の作品である「時代屋の女房」のいわば短篇小説で、第八十七回直木賞を受賞した。受賞した記者会見のあと、私は担当者の見城徹にともなわれてある銀座のクラブへ連れて行かれた。そこには、「時代屋の女房」を掲載した「野性時代」の発行元である角川書店社長の角川春樹氏が待ち受けていて、私は見城徹から初めて社長を紹介された。しばらくプロレスや角川映画などの四方山話を交わしていると、そこに突如白いタキシードに身をつつみ赤いバラの花束を手にしたつかこうへいが店の奥から姿をあらわした。

この頃合いをはかった登場ぶりからこれらはすべて、見城徹の仕込みだったにちがいないと私は即座に思った。恐縮している私に花束をわたした白いタキシード姿のつかこうへいは、祝いの言葉を口にしたあと「今夜は、とことんムラマツさんとつき合いますから」と、強い口調で言った。その表性と言葉が、私の頭に「蒲田行進曲」の授賞式のパーティ会場での握手をしたときの、つかこうへいの呆然たる表情をよみがえらせた。

あのとき、私はそれまで自分の身についていたならわしにしたがって、受賞者に祝いの言葉を向けるべく会場へ出向いたはずだ。これは、文芸編集者を経験した私の、とくに目論見もないごく自然な行動だった。だが、つかこうへいにとって自分の祝いの席への私の出席は、想像外のことだったかもしれない。賞取りのたたかいに負けた者が、勝った相手の祝いに駆けつける……これは、彼の体験上からは想像しかねる行動ということだったのだろう。そして、いつかこの返礼というか〝おとしまえ〟をつけなくては気がおさまらぬ……という男気がわいたのではなかったか。

これが、当夜に突如、白いタキシード姿で赤いバラの花束を手に私の前に出現したつかこうへいの、芝居気分満点の〝おとしまえ〟の場面だった……というのが、その後にふり返っての私なりの記憶の落し込みだ。

つかこうへいと私は、ともに馴染みの店であった四谷「纏鮨」のカウンターで一度だけ席を共にしたことはあったものの、多忙のせいもあってその後のつき合いはとくにないままだった。

やがて、つかこうへい世界はますます肥大してゆき、私の方は依頼された場所へ取材に赴き、依頼された番組に出演し依頼されたテーマの文章をこなすという、散漫たる多忙な物書きの色に染っていった。そんな記憶をたどり直すにつけ、あの夜に白いタキシードに赤いバラの花束をもって出現したことについての本人の真意を、一度だけでもたしかめておけばよかったという思いが、なつかしさとともにふっとわいてきたりするのである。

（お断り）

本書は1982年に角川書店より発刊された単行本を底本としております。
あきらかに間違いと思われるものについては訂正いたしましたが、
基本的には底本にしたがっております。
また、底本にある人種・身分・職業・身体等に関する表現で、現在からみれば、
不当、不適切と思われる箇所がありますが、著者に差別的意図のないこと、
時代背景と作品価値とを鑑み、原文のままにしております。

村松友視（むらまつ ともみ）
1940年（昭和15年）4月10日生まれ。東京都出身。出版社の編集者を経て作家となる。1982年『時代屋の女房』で第87回直木賞を受賞。主な作品に『鎌倉のおばさん』『アブサン物語』『俵屋の不思議』など。

P+D BOOKS

ピー プラス ディー ブックス

P+Dとはペーパーバックとデジタルの略称です。
後世に受け継がれるべき名作でありながら、現在入手困難となっている作品を、
B6判ペーパーバック書籍と電子書籍で、同時かつ同価格にて発売・配信する、
小学館のまったく新しいスタイルのブックレーベルです。

時代屋の女房

2019年4月16日　初版第1刷発行
2024年3月6日　第2刷発行

著者　村松友視
発行人　五十嵐佳世
発行所　株式会社　小学館
〒101-8001
東京都千代田区一ツ橋2-3-1
電話　編集　03-3230-9355
販売　03-5281-3555
印刷所　大日本印刷株式会社
製本所　大日本印刷株式会社
装丁　おおうちおさむ（ナノナノグラフィックス）

ISBN978-4-09-352362-2

P+D BOOKS